本田一弘歌集

SUNAGOYA SHOBŌ

現代短歌文庫
砂子屋書房

本田一弘歌集☆目次

Ⅲ

本田一弘百首選（田中拓也）

歌論・エッセイ

解説

本田一弘歌集

『磐梯』（全篇）

平成二十二年

あぶくま

みちのくの体ぶつとく貫いてあをき脈打つ
阿武隈川は

あぶくまの川の鼓動を聴きてをりずんずん
胸を流れゆく水

雪解けの阿武隈川のみなぎれば春鳥たちの
うたごゑきこゆ

会津嶺にあはむと決めし女男《めを》ふたり埴山姫《はにやまひめの》
命《みこと》、大山祇神《おほやまずみのかみ》

爆裂を女男の神らの交合とおもひけらずや
いにしへ人は

磐はしのやま火を噴きて作りたる檜原の湖
のしづかなりける

表磐梯、裏磐梯とわが山は双つの好かるる
表情を有つ

竹山広さんが亡くなつた。

［全歌集］はぬばたまの黒　うつしみの花明
かりする夜の底にあり

ああ歌は竹としおもふ竹林のあはひのわれ
にわれがゐるかも

いづこにか雨にぬれたる猫がゐる闇やはら
かく猫になりゆく

ねらねらうとなく猫のこゑ春の夜の闇に上書
保存してみる

ひやくねんの闇蔵《しま》ひつつ若夏のみどり綾な
す会津盆地は

＊

木賊温泉（三首）

みんなみのあひづの山の低きそら木賊《とくさ》のい
ろにゆふぐれむとす

ガロといふ雑誌ありけりこの湯場をつげ義
春も訪れしとぞ

川音をききつつ浴むる共同の湯槽《ゆぶね》楽しも月
かげも浴む

東山温泉

ひむがしの山の温泉《いでゆ》につかりつつ晶子のし
ろき肌ひかりけむ

＊

蕎麦のはな咲き満てりけり夕雨に磐梯山が白く霞めり

磐梯は磐のかけはし　澄みとほる秋の空気を吸ひにのぼらむ

『池塘集』を読めば女のこゑがする　百年待つてゐてくれますか

嫗の肩かき抱《むだ》き寝《ぬ》る秋の夜の底《そこひ》すずしく虫ないてゐる

白鳥のねむれる湖のしづもりを嫗にかたれば深けてゆく夜

阿武隈の川霧のなか身締めたるとろうりあまきあんぽ柿食む

みちのくの川のいのちが流れあふ会津の川をわたるかりがね

いはしろの会津、阿武隈、逢瀬町　あひたき人を心に浮かべ

うしなひし夢にあひたし会津嶺の国の真土に時雨ふるなり

蚕飼《こがひ》せし家ありにけり信夫郡伊達の桑折のしろたへの土

三十年ぶりの大雪　三尺の雪のいのちの凝
りてゐたる

千年の雪の量はや会津野に生きとし生ける
ものの上《へ》にふる

『山麓』を読みつつ思ふみちのくの雪の衾を
我らは着るも

陸奥の安太多良真弓反り返る嫣のからだを
まきしくわれは

おほははがするめを切つて作りたるいか人
参を食ひたかりけり

平成二十三年

しろたへ

一月二十二日

手を握ることしかできなかつた妣は死んで
もあたたかかりき

来む春のさくら一しよに見たかつた「さく
らさくら」を歌ひたかつた

ははそはのゆまりのごとくやはらかく雪と
かす水　穴より出づる

父おとと妹とわれははそはの妣の最後の着替へをしたり

長男の役目といはれしろたへの妣ののみどを壺にをさめき

生きてゐし時間断ち切る如くある妣の写真を見詰めてゐたり

母のゐる間はまたく知らざりき「先妣」といふ語教へてもらふ

戒名は桂徳善鏡信女なり愚痴をいつさい言はざりしひと

わたくしの母が死んでも吾妻嶺は月かげに濡れかがやいてゐる

雪をふむおとのかなしもう雪をふむことあらぬ母の足はも

閒には月がゐるなり亡き母の眉のかたちのしろき月出づ

三月十一日は、母の四十九日でした。福島での法要は午後一時半ごろ終了。妻は夜の仕事があつたので自宅のある会津若松へ車で戻りました。私は、法要の間、母方の伯父が倒れて市内の病院に搬送されたといふ連絡が入つてゐたので、実家に戻り、すぐに黒い服から着替へ、父や妹・弟と伯父が運ばれた病院に行きました。到着したのは二時頃。伯父は意識が朦朧としてゐましたが、「一弘です」と呼びかけるとうつすらと目を開け私が来たのがわかつたやうでした。そして二時四十六分。長く大きな揺れは今まで体験したことのない震度六強。三階の病室にゐた九人全員（伯母、いとこ二人、伯母の妹夫婦、父、妹、弟、私）が伯父のベッドを抑へました。その後何度も続く余震のたびに伯父のベッドの柵を全員で握りしめました。そして四時五十分。伯父は安らかに眠るやうに息をひきとりました。八十歳でした。伯父は震災の犠牲者には数へられていませんが、この十年ほど寝たきりで心臓も弱つてゐたので、医学的な事はよくわかりませんがこの激しい揺れによるショックは非常に大きく犠牲者のひとりだと思つてゐます。その後の出来事を以下、単語で挙げてみます。固定・携帯電話不通。帰宅。妻無事。断水。通夜。余震。渋滞。給油。給水。ポリタンク。食品・ガソリン不足。葬式。電車・バス不通。休校。原発問題。避難区域。買ひ出し。節電。避難所運営。炊き出し。入試業務。ふくしま総文。灯油不足。雪。寒さ。誕生日。災害対策本部。高校合格発表延期。支援物資。お見舞ひ。義援金。ゴミ収集中止。宅配便受付不可。余震。彼岸。ボランティア。マスク。マイクロシーベルト。合格発表。スクリーニング検査。追認考査。新入生オリエンテーション中止。人事異動凍結。教務主任。余震。寺山修司短歌賞。夜の当番。炊き出し。転入学受け入れ。サテライト校設置。大熊町移転。避難者移動。始業式。教室移動。余震。黙禱。入学式。（四月九日現在）

（「心の花」平成二十三年六月号「長信↕短信」より）

うつくしき岸を持たりしみちのくのからだ津波にぶんなぐらるる

天罰といひし人ありその人にありとあらゆる天罰くだれ

うち続く余震の最中死に近き伯父のベッドを押さへつつゐき

学校が避難所となる体育館に敷き詰めらるる段ボール、段ボール、段ボール

避難所のおほいなる闇　百三十の寝息のひくくひくくみちたる

祖母《おほはは》のせなかに似たり小高《をだか》より何もかも捨て逃げて来し人

集団を鼓舞する言語　みつめつつひとりひとりにかたることのは

ふるさとの家《うち》さかへれぬかなしみはをみなのちさき膕《ひかがみ》にある

みちのくの死者死ぬなかれひとりづつわれがあなたの死をうたふまで

震災以前震災以後とみちのくの時間まつぷたつに裂かれき

逆旅

人はみな誰かの逆旅　夕されば死者ひとり来てひとり逆《むか》ふる

何事もなかつた様にさるすべり咲き、咲き終り時は逝かむか

あゝあれはたましひの色ゆふぐれを木香薔薇がしづかに灯る

命ありてわれはたつぷり息をするこの世の息を吸へぬ人びと

川内のもりあをがへる全身でいのうちを鳴くるりるりるりる

おめえらはなんで生ぎでる嗄れたからすのこゑよ曇天に満つ

福島に原発はもう要りません避難所に聞くくわくこうのこゑ

語り出すのを待ち続け青梅雨の夕べぴつたり寄り添つて居り

たはやすく復興といふ遠つ沖に数へられざる死者な忘れそ

六箇月経てど出でこぬむらぎもの死者の言葉を我ら聴くべし

あゆひ

南《みんなみ》へ逃げてゆく人　東北に生まれ育ちて死んでゆくわれ

午後五時の放射線量告げてゐる「はまなかあいづ」のアナウンサーは

双葉より来し少女子《をとめご》のひかがみに会津の秋のゆふやみみつる

会津若松市老町

老の字をおとなと訓めるわがまちも熟れてゆくなり身不知《みしらず》柿のごと

地震《なゐ》のこと啼きながらいふ水鳥のくちばしの黄をみつむるのみに

母の無き冬の来むかふ目にみえぬものにおびゆる福島《ふぐしま》のそら

やはらかくたましひ蔵ふ雪を待つ真土の吐息ましろかりける

亡き子らの小さきあなうら　沫雪が仮設住宅の屋根にふる夜

海嘯に嬬とふたりの子のいのち流されし人おもふ粒雪

「お墓にひなんします」と書きてみまかりしをうなのいのち、たゆたふいのち

みちのくの死者は死なぬも今生のしろき牡丹雪《ぼたゆき》黙しつつふる

ふりつもる日の暮れ方を嬬とゐるわが生の雪幾尺なりや

夫れ雪はゆきにあらなくみちのくの会津の雪は濁音である

十九人の少年たちが喪ひし時間ま白く山にしづもる

アクセント無き地に生《あ》れし牧水と茂吉のうたを口遊み居り

訛れるをわらふ東京《とうけい》　近代はわがみちのくのことば殺しつ

近世の言葉ぐぐッと立ち上がる富士谷成章「装図《よそひのかた》」の海

言の葉を挿頭《かざし》・脚結《あゆひ》・装《よそひ》・名《な》の四つに分けて説きにけるかも

古井戸の底深くああ濡れて居り　脚結は属《たぐひ》・家《いへ》・倫《とも》・身《み》・隊《つら》

引靡《ひきなびき》・往《きしかた》・目《めのまへ》・来《あらまし》・靡伏《なびきふし》　装いきいき蠢《うごめ》きてくる

助動詞と敬語の種類を確認し生徒らと読む「先帝身投」

天皇はいとけなかりきおほははに手を引かれつつ水に入りにき

撥音便の表記せぬ「ん」ぞ雪空に貼りつく
死者のこゑの如かる

発音をせぬKの文字　ナイフもておのがい
のちを裁ちし男よ

二尺ほど襖を開けたKのこころ考へてゐる
ふゆの教室

たらちねの母音脱落してゆきし子音よわれ
の如くさぶしも

おほちちもおほははもゐぬははもゐぬこの
よのわれのかたにふるゆき

おほちちの掌《て》を思ひ出すあかがねの月に濡
れたる雪を掬へば

おほははのをみなの頃のぬばたまの黒髪
雪のかをり流るる

堅雪《かたゆき》がわれをみつむる夜なりけり妣のこゑ
ごゑ泛びてきたり

死者たちの文なり雪はゆつくりとわれとこ
とばの間《あひ》に降るべし

なしといふやさしきあゆひ抱《むだ》きつつわが会
津野はしろがねの闇

たとへば「そうだなし」は「そうですね」の意の丁寧語。

凍雪《しみゆき》はあゆひのごとしみちのくのこころと
からだ、ことばをささふ

平成二十四年

さくらよ

一年がもう経つたのか　三月の忌日を雪と
われと鳴き居り

訪るる人少ななるゆふぐれの濠になづさふ
鴨ふたつ見ゆ

ももちどり春は来れども海嘯に呑まれし村
のいのち来まさぬ

一年はちろりに過ぐるちろりちろり思ひ出す人思ひ出さぬ人

線量の高い双葉に帰れない子が学校に二十人ゐる

春の夜のさくらの腋下ほわほわと毛がはえてゐる夢の中なる

満開の桜をしよつてたつ春のせなかをぽんとおしてみたけれ

さくら花たたふる夜の黒髪をくしけづりゆくつくよみをとこ

人肌のごとくやさしく咲きてゐるこの世の桜　妣と見て居り

この花は誰《たれ》のあなうら亡き子らの白く小さなあなうらひらく

「頑張ろう福島」とある立看板《たてかん》のとなりでさくらがんばらず咲く

桜さき桜ちる春　ランドセル背負つて仰ぎたかりしさくらよ

当事者になれぬ背中にねつとりと死者のまなざしはりついてゐる

さみだれ

みなづきは水の月なり濃みどりの雨を着たまふ磐梯のやま

馬印の燐寸擦りつつ妣を思ふ燐寸湿れるさみだれの頃

たましひを容るる器のあぢさゐの時間といはむ昭和七年

トーキーの声甘きかも傍にはヘリオトロープ置かれてゐたり

チャップリンといふ男ゐて喜べる佐美雄の歌を読む夏の雨

翌日に起こる暗殺　にっぽんの喜劇は悲劇、悲劇は喜劇

靴脱ぎて上がる日本間　喜劇王はてりぶる、てりぶると言ひにけらずや

昭和七年齋藤茂吉は「短歌研究」創刊號に「短歌の品格に就て」といふ文章を記す。

自由律短歌、プロレタリヤ短歌、さみだれてゆく昭和短歌史

みんなみの帛琉《パラオ》の沖に沈みたる日本海軍白露型駆逐艦「五月雨」

人生は喜劇と言へば五月雨に阴《かく》れてゐたる
死者がわらふも

三月の記憶抱く雲浮かべつつ何にも言はぬ
ふくしまの空

ふくしまの雲を縫ひなば放射性物質ふふむ
空をとぢむや

県鳥のきびたきのこゑはつなつのみどりの
いろを羽織りて来たり

ゆつくりとけやきの肌に近づけば一弘と呼
ぶおほははがゐる

生きて在らば百七歳のおほちちと一しよに
あふぐけやきのこずゑ

さをとめのこゑ濡れてゐる福島の田にふる
雨は甘き香ぞする

田の神の水の滴るさみだれに苗がよろこぶ
畦がよろこぶ

さなぶりに田の面と語る　進まないわがふ
るさとの除染計画

官軍に原子力発電所にふるさとを追はれ続
けるふくしま人《びと》は

さみだれの歌なきことを思ひつつ万葉集を読む夏の夕

背表紙の名を呟きぬ五月雨のさむき夕べに死者の名が佇つ

「じいちゃん家《ち》のスイカ食べてもいいですか」答へられないさみだれわれは

さみだれに登校をする少女ゐて一学期期末試験を受けず

さみだれの降るふるさとに帰れない水溜まりをり傘の袋に

プール開きの子らの声かも立葵の花すんすんと伸びてゆく空

いぢめにて自殺をしたる少年のいのちをおもふ城あとに来て

四百年を積む石垣のおほきなるかひなに城は抱かれてをり

沢潟を家紋にしたるもののふの甲冑の音さやぎて来たる

あしびきの山本八重の担ぎたるスペンサー銃光りゐし夏

武者走り静かに濡れてゐる梅雨の晴れ間を
君とわれとわけあふ

洗はれし口幾つならむ馬洗石《うまあらひいし》の底《そこひ》に冷ゆる
たましひ

ふくしまのゆふべのそらがかき抱《むだ》くかなか
なのこゑ死者たちのこゑ

秋千

迎火を焚けば来る死者　寂かなる土の香ひ
と火の匂ひする

おほちちとおほははとははと月かげの額《ぬか》湿
りゆく故郷の庭

故郷の庭に立つ棕櫚仰ぎをりわが生れしよ
り今までを知る

此《これ》の世と彼の世の間《あひ》に漂はむぬばたまの夜
の桃のけばけば

蚊帳吊りてくれし祖母《おほはは》蚊帳ぬちの涼しき闇を思ほゆるかも

さ庭べに妣と涼みき　蟋蟀はこのよのいのち顫はせて鳴く

四十年後の月光を思ひをり四十年後の廃炉決まらず

避難区域屋内退避区域計画的避難区域緊急時避難準備区域

帰還困難区域居住制限区域避難指示解除準備区域に帰れぬ人

青ぞらに柘榴わらへり県民健康管理調査問診票届く

「3月11日の震災以降あなたがいつ、どこにいたかを記載してください。」

見えぬもの測る科学は　白秋のまなこ聴きけむ月かげのこゑ

野の草を吹き分くる風、白萩とすすきひきゐて秋はおとなふ

秋扇とおもふ月光　やはらかくしろき咽よりもれいづるこゑ

しろたへの秋かなしけれこほろぎのこゑを
枕に今宵ねむらむ

はつあきの月光の射すさるすべり一篇の詩
のごときしづもり

福島を切り分くる線　幾十度いくそたび変
へられてゆかむか

これ以上分けられないといふ意味の
individualを個性と訳す

福島はフクシマでねぇ放射性物質ふふむ空
の青さよ

＊

右手もて水着の女《ひと》が指すそらよ　ふはふは
なりき二十世紀は

ゆつくりと帆船一つ去りてゆく　われらが
手にし喪ひしもの

近代のみなぞこにゐて動かざる独逸式最新
原子力潜水艦は

逆さまになつて浮く裸婦　円形に隠れてき
みの顔が見えない

鳥籠のなかにゐる裸婦　定型に搦めとられしわれにあらずや

自画像の春江が我を見つめたり見つめられつつ見つめてゐたり

*

親雀子雀こゑを交はしをり雀のはねのいろのゆふぐれ

ゆふぐれがわれのこころを引剝《ひは》ぎゆく赤色《しやくしき》赤光《しやくくわう》　白色《びやくしき》　白光《びやくくわう》

やはらかく前に後ろに揺られゆく秋のひかりをぶらんことといふ

ゆく秋のしうせんは垂る大熊に帰れない子のゆふぐれを乗せ

いづになつたら帰つて来《く》んだ　ぶらんこのなくこゑがする秋の月の夜

引き受くるところあらなく福島のつち福島を移りゆくのみ

杉やにのごと赤ぐろき夕ぐれよ行方不明のひとりみつかる

せしうむを含みたるなる柿あまた見つめてゐたる冬の庭なり

真　土

大熊に生れし言葉とたましひのかたちをしたる落葉をひろふ

見つからぬまま老いてゆくみちのくのひとりひとりの死者の息《い》の内《うち》

死者の息貼り付く空の青白し時間が解決するといふ嘘

見えぬものにて大熊は切り裂かる真土の寒きこゑのきこゆる

大熊の土をひたすら耕しし祐禎さんの厚きてのひら

祐禎さんのふるさとである大熊をセイタカアワダチサウがおほへり

ふたたびの冬来たりけり大熊町仮設住宅の屋根を葺く雪

平成二十五年

豆打ち

三十年前にならむか鬼役のおほちちの背に
豆打ちしこと

おほははの豆煎る背中ふるさとのましろき
闇にうかびてゐたり

年の数だけ食へといふおほははに手づから
もらふ豆堅かりき

福島の空をただよひわれらには見えざるも
のを鬼と呼ぶべし

鬼は外、福は内とぞ豆を打つきさらぎの夜
の死者のこゑかも

春鳥の

木草《きくさ》弥《い》や生《お》ひ月といふ三月の死者の身体《からだ》の
木草がさわぐ

三月十二日

溝ふかくなりゆく二年　侍むべき祐禎さんが逝つてしまへり

祐禎さんの手があらはれて夜の空にするどき眉を彫《ゑ》りてゆくかも

祐禎さんのゐない春の夜『青白き光』の鈍《にび》の栞紐はや

三月の死者ひとり殖えあしひきの山鳥われは音をのみぞなく

三月十四日

四十四年まへにこの世に生みくれし母は今亡し　やよひのひかり

虚無僧のたづねてきたる磐梯のやまはやさしく雪を解かしぬ

雪解けの田に映る空　原発がなかつた頃を思ひ出せない

腹からこゑを出す人だつた　祐禎さんのこゑの貼り付く大熊の空

虚無僧の尺八のこゑ、死者のこゑ、春鳥のこゑひびきあひたり

仮置き場決まらぬままに春鳥のこゑのさまよふカリカリオキバ

磐梯山の虚無僧雪の消ゆるまで湖の遊びを禁じられしか

つばくらのごと帰り来よふたとせをまだ見つからぬ死者のからだよ

夜の森の桜よおのが木の肌に月のひかりを浴びて咲くべし

漢語もて双葉のからだ切り分くる避難指示解除準備区域とぞ

わたくしも死なば桜となりぬべし恋しき人のために咲《わら》はむ

大きなる沼

葵から大沼へゆく　もくれんのつぼみふくらむ四月一日

つんつんとつくしのごとく立つてゆく新入生は名を呼ばるれば

大沼高校体育館が聴いてゐる新入生の九十の名を

君たちと同じ一年生であるわれも粛然と祝辞を聴きぬ

学校は大きなる沼　九十の少《わか》きいろくづ自由に泳げ

立　葵

たましひがまつすぐまつすぐ伸びてゆき会津の空を衝く立葵

どくだみのしろきはなびら　おほははのちひさなせなかおもひだすなり

猪苗代にみちてゐる水すみとほる五月の光まぶしかりける

代掻きをされる田んぼの一枚のおほいなる背こそばゆからむ

佳苗とふ子を思ひ出す一面に磐梯のそら映す田の面よ

田植機はゆつくり苗を敷いてゆく夏の時間を敷いてゆくなり

のどけしな磐梯の田は田植機をあまた侍らせ昼寝をしたる

田植うた聴きし泥《でろ》かもわか苗をむだきて水の香ひする風

植ゑられた田んぼと月がみつめあひひそひそ話してる夜かも

防護服着たる人らが大熊の田に入り苗を植ゑけり去年は

いづくより桃の香は来て去りてゆく桃の香ならむ死者の軀は

蟬声

concreteの暑き舗道に蟬ひとつ潰れてあれば土に還らず

あふむけに蟬のなきがら乾きたりなにゆゑ人のからだ乾かず

陸奥の夕べの空を鴉らはころくころくと鳴きつづけたり

八月十一日

二十九度目の月命日のまひるまをまだ見つからぬ子の白き声

復興は進んでゐると謂ふ人のうすきくちびる見つむるわれら

線量は毎時六・五マイクロシーベルト　防護服着て墓洗ふ人

防護服の白かなしけれふるさとの死者をとむらふ装束のいろ

横積みのままの時間よ、横積みの墓石に人は手を合はせたり

くさむらに手を合はせたり浪江町請戸の家をながされしひと

夏の陽のじんじん暑し防護服に見えざるものの幾許《ここだ》貼り付く

蟬声は責め声ここから逃げし人ここから逃げぬ人を責め居り

偶然に

しんしんと秋の陽澄めば山萩のこぼれゆく音みつめてゐたり

志賀直哉が佐美雄の家を訪れぬふたりのそ
びら蔵《つつ》む秋の陽

小説と事実の違ひ何ならむ「城の崎にて」
を読む子らに問ふ

見るたびに一つ所に動かずに転つてゐる蜂
の肉体《からだ》は

竹クシをさされて川へなげられて一生懸命
泳ぐ鼠は

頓狂な顔して首を伸ばしつつ忙しく逃げて
ゆきぬ家鴨は

偶然に死に偶然に死なず居り蠑螈《ゐもり》に石が当
りたる事

偶然に死なかつた中年の俺のめだまが
凝視《ぢつ》と見るこゑ

もののおと絶ゆる立秋　しろたへの月のひ
かりを掬はむとす

木偏に冬、くさかんむりに冬と書く歌人ふ
たりの歌を思ひき

ふたりとも山西省に行きしこと月のひかり
に教へてもらふ

青　布

止まつたままの時間しづもる大熊は狐のいろの枯野となりぬ

師走来《く》とはくてうのいふ雲一つなき青ぞらを眺めてゐれば

青布《あをにの》に覆はれてゐるふくしまの真土の息嘯《おきそ》きこえけらずや

はくてうのこゑわたりゆく磐梯の空より雪《よき》をたまふ我らは

切り炭がささやきにけり月よみの研ぎし光のましろなること

うつしみは独《ひとり》なりけりハクビシン素早く車の前を過ぎりぬ

この寒き夜を鼬らは如何にゐむ雪のいのちの降り積もりつつ

「全袋検査しました」新米を友へ送るに一筆添へつ

黒真土、山鳥真土、白真土　会津の土をわれは愛する

土の産物としての女よ、岩代の会津の土に生れたる君よ

おほちちらねむる土なり放射性物質ふふむ土といふなり

平成二十六年

土の空

復興といふ言葉は嫌ひ三月の死者遠つ人雁が来鳴かむ

厂《がんだれ》は直角のこと　直角に並んで飛べる隹《とり》の列はや

人間のてのひらといふ風切《かざきり》にしろがねの空切つて飛びたし

ふるさとに帰れなかつたかりがねと祐禎さんのこゑにじむ空

大熊の梨うまかりき過去の助動詞「き」にて言はねばならぬなにゆゑ

過去の助動詞「き」には命令形がない　ふくしま人《びと》に時間を還せ

桑折にはわが叔母が住むあんぽ柿作らなくなり三度めの秋

岩代の伊達のこほりの桑折村　繭のいのちのかがやきし村

黒き袋は土のなきがら入れられて仮仮置き場に置かれてゐたり

除染土が安全ならば四十六都道府県に頒くればよけむ

少年を除染作業に雇ひたる業者のあれば逮捕されたり

冬みたびめぐり来りぬふくしまの土を政府が買ひ取るといふ

桑折《くはをり》の土に生まれて野鴈《ぬかり》といふひびきよろしき名をもてりけり

桑の葉を摘みし少年うたびととなりて野山を旅する一生

旅をする安藤野鴈　かりがねのことばと羽音貼り付く歌ぞ

山鳥のおのれひとりか冬木々のこゑにならない言葉を写す

冬帽をふかくかむりて福島から来たとは言へぬ人や幾人

モニタリングポスト埋もるる雪の朝われと生徒と白き息吐く

死者たちも集ふ睦月よ、しろたへの帽をかむれる半田銀山

しろがねの繭のひかりの雪ふれば半田の山をやさしく抱《むだ》く

なきひとをおもふあはゆきなきひとをおもふこころのうちにのみふる

ふるさとを恋ふ雪あらめ桃の木にいのりの如く繭玉のなる

ここはかつて桑畑なりきcesiumをふふむ土置く処となりぬ

桑折町オフィシャルウェブサイトに確かむる仮置場周辺放射線量測定値

「町土の除染なくして復興なし」と桑折町総合計画三大スローガンにあり

立つ春の朝のさむき廃炉までいくらの千代を数ふればよき

ふくしまは新桑《にひぐは》まゆのかきこもりこの現実を忍びよといふ

「線量は問題なし」と誰かいふ桃の畑に雪のふりつむ

幾万の繭の衣を重ねつつ時間は重い根雪となりぬ

桃畑を愛せしといふユダならで首括りゆくふくしまの土

土の欷《な》くこゑきこえむか桃畑をおほふ根雪のしたにしづかに

福島県伊達市伏黒土空をま白く濡らすきさらぎの月

福島に生くるわれらをわらふならわらへわれらの土いろの空

母子草

「雪かき《ゆぎかぎ》は慣れない《なれねえ》」といふ大熊町仮設住宅に三度めのふゆ

87Bq/kg

撃たれたる熊に残つてゐるといふセシウムの量悲しきろかも

つくよみの光を清みみしみしと雪踏む音を君は聞かずや

今ふれる雪にも耳はありぬべしあなやはらかき耳たぼのふる

しんじつは余剰にこそあれ一掬の雪よりこぼれおつる雪なり

七草に母子草ありおほははもははもわれには無きことおもふ

亡き母の言の葉しんと積もりゆく白き時間をひとり見てをり

春　景

掌《て》は歌のはじまりならむ十八年連れ添ふ嬬
の掌をにぎりたり

春雨のからだに抱かれ夜の底に嬬といふ字
を書けばにほへり

女子高生のかたちの春の夕暮が自転車置場
に溜まりてゐたり

いちねんせいは黄色い帽子　小さなる黄の
ひかりを零す連翹

昨夜よりの雨止みにけりテニスコートに雀
の貌を映す水あり

「甲状腺検査」だといふ五時間目「古典」の
授業に五人公欠

超音波機器あてられて少女らのももいろの
喉はつかにひかる

啄木が捨てたふるさと　ふるさとに帰れぬ
春を咲く梅のはな

緑のころ

かの日より三年経てば除染土を入れし袋の
破れてゐたり

あらたまの春のいのちのふきのたうよりCs《セシウム》
が検出さるる

「三十年以内に県外の最終処分施設へ搬出
します」といふはまことか

いはしろの空を静かに映したる銀の湖面を
鮒はあぎとふ

無何有の土であるべし人間はみづからのた
め土を削りぬ

削られてゆく春の土あまつそらより降りた
まふ雨を吸ひつつ

春雨にあらで洗はれゆく屋根よ、ふるさと
除染実施計画

山鳩はこゑひくく啼く三年をまだ見つから
ぬ死者をよぶこゑ

田の神の降りて来たまふ真青なる夏の言葉
と空引き連れて

田の畔にしやがめば万のみちのくの緑のこゑのきこえてきたる

みづからのいのちを裁ちし人あまた「震災関連死」とは認定されず

忘れえぬこゑみちてゐる夏のそら死者は生者を許さざりけり

後記

磐梯は、磐の梯なり。天空に架かる岩のはしごなり。夫れ神は天上より磐梯を伝つて地に降りたまひけむ。会津なる磐梯山は、福島の空とわれらの地とを繋ぐかけはしなり。

日々仰ぎ愛してやまぬ山の名をわが第三歌集の題とせり。平成二十二年から二十六年夏までの作三百十一首を収めつ。年齢でいへば四十一歳から四十五歳までの歌を略製作順に編みたり。

第一歌集銀の鶴、第二歌集眉月集、そして此度も佐佐木幸綱先生より帯文を賜りぬ。茲に記して厚く御礼を申し上げたく思ふ。青磁社の永田淳氏には前歌集に引き続き出版に際して種々御助言や御配慮をいただき感謝の念に堪へない。

この磐梯を震災のために亡くなられし萬のたましひに捧ぐ。

平成二十六年八月

本田一弘

『あらがね』（全篇）

I

少年少女

たちあふひ空に伸びゆく少年のまなこまっすぐ我にまむかふ

雨吸へばにほふ土かも掘り起こす土の香ひのをとめもあらめ

梅の実のふつくらみのる雨の日を『羅生門』読む少年少女

水無月の雨に濡れつつ学校の中庭に站つモニタリングポスト

やまばとのこゑにはじまり郭公のこゑに古典の授業終はりぬ

山鳩はかなしみを啼く此世《これのよ》に生まれ出でたるたれのかなしみ

いはしろの会津高田の梅の実に月さすあをきみなづきのよる

はつなつの光したたりみしらずの柿の若葉の上《へ》に溜まりたり

しちぐわつは光の浴槽《ゆぶね》　のうぜんの花もこずゑも幹も浸りぬ

梅雨明けの空いつぱいに少年はこゑとかひなを広げたりけり

十六橋

空海が築きしといふ十六の橋十六の時間を渡す

いくさより百四十六年、夕光が十六橋のからだを蔵《つつ》む

かなかなは死者たちの声ゆふぐれの日橋川の水面おだしも

橋脚が夏のひかりに濡れてゐる歴史はつねに勝者のものか

うつしみと死者とを繋ぐ場所ならむ橋のそびらを渡るわれらは

くがね

会津嶺の国の稲穂のわうごんの波いとどしく立ちにけるかも

秋ぞらに生れし蜻蛉　これの世に会へざる誰の言葉をはこぶ

鳶とんびおまへが高く啼くたびにすきとほりゆく秋の空なり

磐梯のしらくもを率てまさをなる秋の天辺《てへん》にゆかむか　風よ

人生の時間ゆつくり減つてゆく柘榴ことしも実をつけてゐる

樫の実のひとりに生まれ死にてゆくことを肯ふにんげんなれば

グラシン紙やさしく脱がし星ならぶ岩波文庫を読む月の夜

咲きたるは十日ほどなり現し世の蕎麦のはたけの白きゆふぐれ

いなづまの打つ空のしたうつしみの嬬のからだを枕きて死なまし

稲刈りの匂ひがすると嫗の言ふくがねの田
圃吹き渡る風

雪の声

「モニタリングポストの機器の不具合でデータが反映
されない場合があります。」

雪ふれば数値の下がるモニタリングポスト
の赤き眼がわらふ

四年目の雪つめてえべ楢葉町応急仮設住宅
の屋根

放射性物質ふふむ雪ならむ白き時間がふく
しまをふる

復興は何をもていふふくしまのからだは雪
の声を抱けり

歳晩の夜を嫗とゐて目にみえぬ雪のことば
をふたり聴きをり

いはしろの月のひかりに濡れにつつ幾千の
雪、幾万の雪

少年の吾《あ》が食ひし雪　中年のわれのみぬち
にふりつもる雪

硝子戸のむかうはみぞれ啄木と晶子のうたを読む四十人

楢葉より来たる生徒の言の葉の雪のま白く降り積もりたり

大ゆきのため出席停止《しゆつてい》となりし日をかぞへて成績概況つくる

雪の子は誰と遊ばむきさらぎの夜につめたくしづみゆく月

福島の子供の肥満増えてゐると文部科学省が発表したり

雪の息聞《きこ》ゆるといふ孀の耳やさしく咬みてそを聴きてをり

月の夜は膤《ゆき》の香りすかたはらの孀のはだへのすきとほりつつ

おほははの髪にふれなむここちして睦月のよるをふる銀の雪

大いなる真白き衾《ふすま》　いはしろのわれらは雪に包《くる》まれてゐる

豆をもて誰を打つべし責任をなすりつけあひ四ねんが経ちぬ

てのひらの雪消ゆるがに忘られてゆく福島の人のこゑごゑ

中間貯蔵施設受け入れざるをえぬ双葉の真土　不聴跡雖云

どうせ金もらつてんだべ心なき言葉が君のこころに刺さる

たましひを信ぜずといふそのひとに福島に降る雪を見せばや

雪掻けばしづもる時間　スノーダンプに朝雪《あしたのゆき》を運ぶわれはも

てのひらに雪の一片のせてみるあはれ此世《このよ》はさぶしからむか

一冊の歌集に無数のわれを読む月のひかりに重なるひかり

〈了〉と記されしその後のましろなる頁にあらぬ物語読む

会津磐梯山は宝の山よ／笹に黄金がなりさがる（民謡「会津磐梯山」）

磐梯山《ばんだい》を宝の山と呼ぶならば磐梯山に降る雪も宝ぞ

玄関のたたきにゆきのかたまりのごと太葱の置かれてゐたる

春はこの積もれる雪の下にあらむ土のしづかな息づきおもふ

万物を生み出すちから土を盛りいにしへびとは時をはかりぬ

はくれんは命のかたちひとりづつ死者の命のしろくふくらむ

梅と葵

高校の先輩なりきふくしまのなまりやさしき長田弘よ

太宰府の天満宮より贈られし梅の木が福島高校前庭に咲く

徽章は薫りのいみじき梅花／氷霜凌げる操は清し／健児は一千こぞりて励む／福島高校栄えよ永く（福島県立福島高等学校校歌）

長田さんも歌つた校歌　はつ夏のひかりも歌ひ空にひびかふ

風が光る。やまなみが光る。湖が光る。きらり、光る。空がひろがる。時がひろがる。夢がひろがる。想い、ひろがる。水奔る春。緑なす夏。色づく秋。雪ふりつもる冬。私、そして、私たち、葵のように、今をまっすぐに生きる。（福島県立葵高等学校校歌）

長田さんの作つた校歌　球児らはうたへり
試合に勝利した後

しのぶもぢずり

ふくしまの空気を吸つて熟《みの》りたるあかつき
といふ桃のゐさらひ

ちのみごのうぶ毛のやうなふくしまの桃の
はだへを愛せりわれは

ふくしまを我は食ふなりいか人参こづゆ凍
み餅三五八漬けよ

信夫郡信夫の山に除染土を搬出するといふ
計画ありき

「仮置き場なければ家の庭先に保管せざるを
得なくなります」

土にかへることなき土が保管場《ほくわんば》へ搬ばれゆ
くをわれら見るのみ

基地といふつちは要らない沖縄のそらにつながる福島のそら

木苺の熟れゆくひかり母と伯父ふたりのゐない五年目の夏

みちのくのしのぶもぢずり誰ゆゑにわが産土を捨てねばならぬ

四年四月の時間を詰めてぬばたまの四〇〇袋のフレコンバッグ

校庭に埋めたるつちを掘り起こし大き土嚢に詰むなつやすみ

幾万屯の福島のつち秋の夜の月のひかりを浴むことあらず

官軍につち奪はるるのみならず言葉殺されてたまるものか

福島の土うたふべし生きてわれは死んでもわれは土をとぶらふ

われわれが今までついて来し嘘を見透かされをり磐梯山に

田ん坊

はつ夏のひかりも鋤かれゆつくりとふくらみてゆく真土のからだ

草も木も持たる性のまゝにしてよく育つるを真土とハいふ　『会津歌農書』

水張田にうつる会津嶺　鷺ひとつ降りきてはだら雪のごとしも

ふくしまの田はあをいろに塗られたりいはし山のおほきかひなに

わが姓に田のあることを誇ろへば会津の田居となれるわれはも

きびたきのこゑ裏みたりふくしまの夏の緑がやはらかくなる

田ん坊とよべば田んぼのわらふなり水取雨を浴みつつわらふ

みなづきは母の生まれし月なれば母の鼓動と聴く雨の音

ああ母がふつてゐるなり梅の字に母がゐることおもふつゆの夜

母の掌《て》は子の息災を拝みたり「なかたのかんのんさまに。さまにねん。」

われら死なば渡らむ梯《はし》として立てるいはは
しやまの秀《ほ》にゐる雲よ

磐はしのやまを伝ひてのぼりゆくたましひ
のいろ澄みてゐる空

「うつくしま百名山に登山した場合の被ばく
線量」が載る

くうかんはうしやせんりやうくうかんはう
しやせんりやうと鳴く鳥はあらずや

山鳥の尾の長き夜よふるさとに幾夜はへな
ば帰れるといふ

ふくしまの土地を画《くぎ》りてこの先は安全だか
ら帰れよといふ

原子力発電所《げんぱつ》をうけいれざるをえなかつた
ふくしまびとをあなたはわらふ

あくまでも中間とよぶ保管場へ土の身《むくろ》が搬
ばれてゆく

ふくしまの米は買ふなといふこゑをふふむ
土満つフレコンバッグ

田村市都路町の住宅で出た汚染土を別の民家の敷地に
不法投棄したとして

放射性物質汚染対処特措法違反容疑で逮捕
されたり

岩手、宮城、福島あがたの警察は月命日に捜索をする

青雲《あをくも》の出で来四年を見つからぬ汝がぬばたまの髪は乱れて

萬葉集巻八に鳴くほととぎすひとりひとりの死者の名を鳴き

帰還困難区域の野辺をさ走れるゐのししのなくこゑをきかずや

震災の読み物資料「道徳」の授業に使へと送られてきぬ

「ふるさと喪失」への慰謝料を一人あたり二千万円求むる訴訟

白河以北一山百文　東北を蔑みて来し犬の舌みゆ

会津より斗南に行きしさむらひの植ゑし林檎の木を濡らす雨

官軍の黒熊《こぐま》、白熊《はぐま》、赤熊《しやぐま》を忘れず日橋川のみなもは

たたかひに敗けし盆地は京《みやこ》より来し徳一の像をしまへり

誰もたれもこころにひとつ富士を有《も》つ会津の富士ををろがむわれら

おほきみとして磐梯の統べたまふ甘き山鳥
真土をうなふ

ゐのししの苗代といふ名にし負ふおほつち
の田のいきれ濃きかも

田ん坊の語ることばを訴《うた》ふべし磐梯山のま
なざしのこゑ

いはしろの稲のいのちの伸びてゆく会津の
そらの肥えを吸ひつつ

稲子麿

忘れねば生きていけねどこのところ震災詠
はめつきり減りぬ

死んでゐるだらうと思ひ仰向けの蟬を摑め
ば飛んでゆきたり

如何にして千切れしならむ蟬の羽が片方ば
かり残りてをるを

除染土を入れた三百十四の袋が雨に流され
にけり

袋のみ見つかりにけり袋なる土は何処かに
流されにけり

四年ほど作られざりしあんぽ柿　ＪＡ伊達
に出荷されたり

ゆくりなく嬬の香ぞするこれの世は会津
身不知《みしらず》柿いろのゆふぐれ

恋《こほ》しかる嬬の声はも秋の夜の水《み》のもの月の
ゆれつつゐたり

秋の田はかぞいろにして思ふまま跳べる汝《いまし》
は稲子麿なり

会津嶺の国は稲穂を刈り終へて冬の言葉を
黙し待つらむ

II

竹

教室にわれがはひれば号令に四十本の青竹が立つ

しろたへのチョーク一本取り出して竹と大きく黒板に書く

竹、竹、竹、十七歳の若竹のこゑ、りんりんと伸びてゆく空

むばたまの夢をよごとに育まむをのこの竹はをみなの竹は

くぐもれる空を衝くべし福島の青若竹のますぐなるこゑ

サングワヅジフイヂニヂ

ふくしまに初冬の来て軒下は幾千本の大根を抱く

吾妻嶺《あづまね》は吾の妻なり山肌はしづかに白くよそほひにけり

ひひらぎの葉のあひだよりこぼれつつ冬のひかりの音立つるなり

枇杷の花香《にほ》ふゆふぐれ喪ひし人をおもへばにじみゆく白

おほははのことばといはむ磐梯のそびらにやはくしろき雪《ゆぎ》ふる

亡きひとのこゑの凝れる冬のそら　雪新たしくこぼれてきたる

磐梯と酌み交はさんか水うまき会津の国は酒《さげ》の国なり

澤庵は家々の味　たぐわんをてのひらにのせ食へばうましも

いちめんに雪の覆へば会津野は白くぶつとき大根《だいご》となりぬ

標準語とは一国内に模範として用ゐらるる言語をいふ

東京《とうけい》の言語を「標準語」とすれば吾らみちのくの土語《ことば》卑しき

訛とは正しからざる音なりと方言札を下げさせられつ

かまぼこの板に似たりと誰かいふ方言札の
厚みかなしも

『岩手学事彙報』第八九〇号
槇山文部視学官談「之を矯正することは東
北人一般の切望である」

ウェールズ語喋る罰とぞ子の首に掛けられ
てゐしWelsh Not

うぶすなの言葉のしづく楢葉町木戸川の瀬
にもどる鮭のよ

鮭専用の放射線量測定器に鮭入れられて検
査されたり

いにしへの楢《なら》葉《は》標《しね》葉《は》の名にし負ふ双葉高校
募集停止す

双葉郡大熊町立大熊中学校仮設校舎の屋根
の雪はや

平成二十九年三月末まで
東日本大震災に係る応急仮設住宅の供与期
間の延長決まる

さんぐわつじふいちにあらなくみちのくは
サングワヅジフイヂニヂの儘なり

むらぎも

3・11《さんてんいちいち》と言はないみちのくに三月十一日の
雪降る

もう五年いやまだ五年　五年といふ時間の
重き雪が積もりぬ

直接死一六〇四、関連死二〇一六、死者の
群肝《むらぎも》

むらぎもの心を痛むみちのくの身元不明の
なきひとのこゑ

これからも蔵《しま》はれたまま大熊の納戸の闇に
ねむる雛《ひひな》よ

「避難指示解除されても帰れない、もう帰ら
ない」堅雪の言ふ

復興は進んでゐますといふ言葉から漏れつ
づくCs《セシウム》と水

原発を建てたけれども我々はこんな事態に《ゲンパヅヲタデダゲンチョモオレダヂワコッダナゴドニ》
なると思はず《ナットオモワネ》

ふうひやうと吾妻おろしの吹きつくる島
吹島《ふくしま》を福に変ふべし

福島の難を転ぜよ南天の実のあかあかと点るむらぎも

あらがね

都よりみれば東北　東にも北にもあらぬわがうぶすなよ

東北を六つに分けて海沿ひに原発十四建てしわれらは

にんぐわつのやはき雪着て山肌に春のうさぎを抱く吾妻嶺《むだ》

雪の夜は亡き人の顔思ひ出す洞《ほら》、凍み豆腐じいんと凍みぬ

となめせるあきつのしまに近代はくろがねの道敷きにけるかも

福島をつらぬく東北本線の汽車に石炭くべしおほちち

おほちちとおほははの声乗せながらわが汽車走る信達平野

俺だぢは雪《ゆぎ》の身ぬぢを生ぎでゐる雪がふんねどすげねもんだな

近代を作りし鉄路　汽車の窓《と》にみゆる深雪の白き夜ありき

誰としも分かちあはざるかなしみを閉ぢこめあまきあんぽ柿なり

ふる雪を手紙と思《も》はむとめどなく妣のことばがふつてくる夜

白菜の畑にしんと積もりゆく雪の時間を嬬と見てをり

福島に生《む》まれしわれはあらがねの土の産んだる言葉を勅《うな》ふ

東一華

太陽光《たいやうくわう》パネルゐならぶ雪原《ゆきはら》のゆきゆつくりととけてゆく春

楢葉町仮設住宅を目守《まも》りゐる会津高田の梅のつぼみよ

楢の葉のみどり濃きまち　しろたへの梅のやさしき香りするまち

はくてうのいのちみおくるみづうみのひかりを雲とみつめるゆふべ

吾妻嶺はわれわれの嬬　雪解けの青きはだへを見するおまへは

安達太良は安達《あだち》の太郎　惣領としていはしろを統べたまふ山

吾妻やま安達太良のやま福島は光る躰《からだ》をうだくおほつち

虚無僧《こむそう》雪のころも濡れつつ会津嶺の国は大きく春の陽を吸ふ

たやすげに復興といふくちびるの動きをぢつと見てゐる梅花

福島の福とし言はむさきはひの福寿草の花くがねのいのち

岸の辺に桃の官女を侍らせて阿武隈川のひかり流るる

遠ざける、さへぎる、そして管理する。蔑されてゐる福島のつち

美知乃久《みちのく》の真土《まつち》にわれら生きるべし東一華《あづまいちげ》
のはなひらきたり

田の神

目にみゆるものみどりなり磐梯の山肌ぬら
す五月のひかり

ゐのししの名もつ苗代　水に鳴く蛙のこゑ
を浮かべてゐたり

しろたへの手があらはれて苗といふあをき
いのちを植ゑにけるかも

植ゑられてこそばゆからむ早乙女を侍らせ
旨し酒を酌む田よ

磐梯は田の神である　人間の三千年の田植
ゑを見つむ

死者たちとわれらをつなぐ畦みちの大磐梯
ををろがみて生く

会津嶺のくにに生きとし生けるもの死にゆ
くものはまもられてをり

長歌一首

玄関の　扉開くれば　磐梯の　顔見ゆる朝
　けざやかに　見ゆればよけれ、曇る日は
　悔しかりけれ。磐梯に　背押《そびら》されて　学
校へ　行く田居の道。巨きなる　鏡となれ
る　田の面には　あをき軆《からだ》が　映りゐる。
大沼高校　三階の　廊下ゆ望み　授業など
　思ひ通りに　ゆかぬ時、くやくやすなと
　幾度も　励まして呉る。みちのくの　い
はしろの国　会津なる　われらにとりて
三月の十一日の　震災に　あひたる日より
　いとどしく　愛しく思ふ　磐梯山よ。

繭　玉

鮭のよは川にもどりぬ　ふくしまの土に帰
れぬ十二万人

大熊の田に似てゐると若松の稲田見つめて
ゐたる少女よ

関連死の数ふえてゆくふくしまの阿武隈川
の青き川面よ

何をもて関連といふ五年といふ時間が経て
ばわがんなぐなる

仮設住宅より一歩も出ずに酒をただ朝から
呷る人あまたゐて

いづになつたら帰れるといふあてもなく朝
から酒を呷る他なく

「パチンコをやらせてくれて有難う」仮設住宅《かせつ》
の部屋の壁に貼られて

年内に除染は完了せずといふ「ふるさと除
染実施計画」

五年目の雪をし被く低屋根の仮設住宅に籠
ごもる人

放射線量基準値超ゆる藁を食ふ出荷されな
い牛たちがゐる

おほははの髪の白さの雪つもる福島やはき
繭玉となる

沈黙は雄弁ならむあかあかと椿の花の咲き
つぐいのち

福島を歌へば獄《ひとや》に入れられし罪びとのごと
遠くへだたる

垂直に雪はふりつつ現し身の肩にし触れむ
死者の手の平

証言は詩になりうるか雪空に貼り付く月の
眼差しが問ふ

災厄ののち自らの表現の位置を変へつつ位
置をたしかめ

帰還《かへ》ること叶はぬ胸に降り鎮む雪はか黒き
測錘《おもり》となりぬ

われわれを生み育てたる産土をあなづるな
かれ斧のごとくに

われわれはわれわれなりわれがわれわれをうた
へばわれわれをうたふ詩になる

叫ぶ

きさらぎの雪消残して五《いつ》たびの三月十一日
の来むかふ

五年間見つからぬこゝろ　生き残るわが身の
うちに雪の降りこむ

福島をふる雪の夜の闇匂ふ何にも言はずふ
るのみにして

やはらかき土凍らせて汚れたる水を漏らさ
ぬやうにするとふ

「双葉郡以外の各地の放射線量をお伝へします。」はるゆき

最後は金目でしよと言つて大臣を辞めたる人が大臣となり

言葉もてるものは人のみ　福島を励ます言葉いやしむ言葉

何ゆゑに福といふ字を持てりける　福島、福井、福竜丸は

＊

陸奥のわれらを襲ひし地震よりも激しき揺れの数値を見つむ

土に埋もれまだ見つからぬ二人ゐる阿蘇山麓の深きかなしみ

見つからぬ二人を捜すショベルカーの黄を目守《まも》れる阿蘇の青空

「頑張ろう熊本」などとたはやすくいふな真澄の空の叫《おら》べる

熊といふ字のかなしけれ熊本のつちも大熊のつちも咎なし

みんなみの阿蘇みえねども避難所の冷えゆく闇を思ふ吾らは

磐梯の秀にゐる雲と安達太良の秀にゐる雲と呼びあふそらよ

みんなみの阿蘇やま抱くかなしみを磐梯のやま叫《おら》びてゐたり

息

七月の空のあを澄みまどかとふをみなの名もつ桃の和毛《にこげ》よ

薄皮を剝かれこの世にあらはるる桃の肌《はだへ》のかなしきろかも

幸福といふべしわれの身のうちをゆつくり垂《しだ》る桃といふ水

中年の茂吉の舌《べろ》にねぶらるる桃のむらぎも、くれなゐの種

うつしみの我に食はれてみちのくの桃のいのちは仏とならむ

祖母《おほはは》と過ごしし時間やはらかく桃の息嘯《おきそ》の部屋に満ちたる

桃の香はおほははの息《いぎ》　亡き人と同じ息するふるさとの家

柘榴よ

まさをなる八月のそら亡き人はあかき柘榴にみのるとおもふ

柘榴の実一つひとつが光りをり一つひとつのいのちのひかり

掌に柘榴をひとつのせてみつまだ見つからぬいのちをおもふ

福島の再生なくしてにつぽんの再生なし、といはぬ柘榴は

福島のつち疎まるるあらがねのつちの産みたる言の葉もまた

口あけてわらふ柘榴よあかあかとおまへは誰に恋してゐるか

くれなゐの笑ひを笑ふ柘榴の実たべし胃の腑に溜まれる夕日

石棺とたはやすく言ひたはやすく取り消す人を柘榴はわらふ

虎

二学期は中島敦『山月記』から始めるぞ教科書を出せ

「隴西の李徴は博学才穎」と誦ずる子らとわれと秋風《しうふう》

若くして虎榜に連ねらるる名ぞ秋のひかりの中にかがよふ

わがこゑの後にまつすぐついてくる十七歳の虎のこゑごゑ

叢の見えざる声と語り合ふ友袁惨のか黒きそびら

傷を負ふ虎のからだを縫ふ風よ人のこころを忘るまじけれ

夜露のためばかりではない樫の実の己《おれ》の毛皮が濡れてゐるのは

孤独なる李徴のこゑを舐むるごと聴くしろたへの秋の教室

温《おとな》しく吾らは理由《わけ》も分からずに押しつけられたものを受け取る

目にみえぬものばかりなり此《これ》の世の声を分け合ふ死者と吾らは

暁角が聞こえてきたり虎として酔はねばならぬ時が近づく

近づけば近づくほどに見えざらむこころといふは十月の雨

かみな月二十五日に月山に雪ふりたるとラジオが言ひぬ

嬬と子をおもふ心のあたたかく時雨ふるなりをとこの胸に

『山月記』読む教室に時雨ふる四十の虎のこころ濡らして

人が虎になるのではない一頭の虎がひとりの人になること

III

おさがり

あたらしきひかりを背負《しょ》へり柳津《やないづ》の虚空蔵《こくぞう》さまの牛のまろき背

あらたまの雪も木こりの斧もよき　よき新《にひ》年《とし》になれかしと祈《の》む

わざはひにあはないやうに嬬と食《は》む粟《あは》まんぢゅうの黄色いいのち

吾妻嶺と磐梯山と安達太良と酒酌み交はす年のはじめに

つやめける納豆餅を呑みこめばうつせみのわが喉《のど》がよろこぶ

おほははの手をおもひつつおほははに習ひし宝船を折る夜

丑年に生まれたまひしおほははの背のやはらかくおさがりを受く

吾輩は納豆餅

もきっつぁんに吾身は幾つ食はれけむ人は餅《もちひ》に生くると思ふ

納豆に絡みからまれぬらぬらの吾はみちのく人のいのうち

只見

スノーシェッド、ロックシェッドを潜りゆきわれら只見のふところに入る

魚沼と只見を繋ぐ道の名は六十里越え雪割り街道

風吹けばぶーんと鳴れる山毛欅の木よ只見を統ぶる王として立つ

山毛欅の肌に耳をあつれば雪を着るまへの息嘯《おきそ》が聞こえてくるか

福島県南会津郡只見町大字寄岩餅井戸の水

鮠、岩魚《ゆわな》、東北山椒魚たちのことばを懐《いだ》く川の神《こころ》は

橋梁の流れ失せたる只見線軌条の黒き肌を濡らす雨

ただ見るはむづかしきことみちのくの奥の時間を目守《まも》りゐる川

とりがなく東《あづま》のけとば見にくしと京《みやこ》のひとはいひにけるかも

福島を石の棺といふ汝を責めたるのちに黙す雪雲

中間貯蔵施設たつゆゑ大熊の梨の木あまた伐られたりけり

「ばいきんあつかいされて、ほうしゃのうだとおもってつらかった。福島の人はいじめられるとおもった」

被災地とふ言葉があれば被災地とよばれ続けるこれからずつと

「いままでいろんなはなしをしてきたけどしんようしてくれなかった。なんかいもせんせいに言おうとするとむしされた」

これ以上何をしのべばいいのだと信夫の山が磐梯に問ふ

「青空の下は広く／沃《こ》えたりこの土／累々の果実枝に／桑田いよよ霞む／東北の関門　若き我が都市／栄あれ福島我等仕へむ」

白秋の大きなる手が真青なる空に福島市の歌を書く

佐太郎は何をおそれて見たりけむひかり浮かべる邃谿《ふかだに》の水

白秋も佐太郎も

吉川も大口も酉　ことば以《も》て言葉の危機に立ち向かふ鶏

フクコウゴリンフクコウゴリンと囀れり「けれども我等はそんな事は否《いや》ぢや。」*

*『童馬漫語』

東京は大丈夫です——係《かかり》助詞「は」に其の人の心根を見る

目眦尽ク裂キタル樊噲ノ顔ヲ大キク黒板ニ書ク

自らを先生と呼ぶ人嫌ひ　俺を主語とし生徒に語る

見るといふ語《ことば》は男女が結ばれる意味だと低く口ごもりいふ

わが孀のぬばたまの闇　二十年見てゐるやうで見てゐないもの

天つ空より降りたまふ雪の餅搗きはじめたる只見の腕《かひな》

胡桃餅、納豆餅を呑みくだす茂吉の咽の皺深うして

餅雪のふる夜をわれはみなまたの石牟礼道子全句集読む

水俣は水のことばを福島は土語《つちのことば》を我等《われら》にたまふ

ふくしまの時間凍みつつ臘月のそらに吊られてゐる凍み豆腐

みなまたとふくしまの間《あひ》　亡きひとの訛れるこゑを運ぶかりがね

訛りつつ生きて我等はうつたへむ　しゅうりりえんえんしゅうりりえんえん

＜原子力明るい未来のエネルギー＞が県立博物館に移り来

「チッソというのは、もう一人の自分ではなかったかと思っています」（緒方正人）

原子力発電所といふのはもう一人の自分だつたと言へるか己《おれ》は

かたらざるもののくちびるかわきつつ2111日ぞ経る

降る雪は白きこゑなり　おほちちの、おほははの、ははの、死者の、われらの

K

現代文けふは二コマ漱石のいのちの生《あ》れし二月九日

飼ひ猫をねこと呼びたる漱石は犬にはヘクトーと名前をつけつ

漱石のトリヴィアひとつ紹介し雪のあしたの授業を始む

中庭に積もれる雪と二年生四十人と読み継ぐ遺書よ

精神的に向上心のないものは馬鹿だを英訳してみたりする

「know の k はサイレントだから読みません」リーダーの先生が言ってたっけ

ココロとカラダとコトバ　我等にんげんは三つのKに懊《なや》むいきもの

「一枚の□のごとくに雪残る」空欄に合ふ一字を記せ。

近代は目に見ゆるもののみを見て見えざるものを見ずて日《け》長し

申の日の申の時刻に生れし子は大泥棒になるといはれて
金偏《かねへん》の名前付くれば泥棒にならぬと夏目金之助なり

おほちちの名は金志《きんし》なり一字とり吾を金一《きんいち》と名付けたかりし

亡きひとの手紙と思《も》はむ今生のこよひの雪はおほちちの字ぞ

魂をたとふれば雪　おほちちの乗りし夜汽車のこゑ響き来る

づかづかと現るるなし月は海ゆ無音の音《おん》にとうろりと出づ　（伊藤一彦）

無音の音といふ語に遇ひぬ大声の伊藤一彦うたふ月はや

一彦も一弘もＫ　すずしかるＫのひびきのやうな月出づ

漱石がこの世を去りし四十九に徐徐にちかづくわれのいのちは

手

毎月の十一日は流されたいのちをさがすうつし身の手よ

浪江町請戸の浜にいつせいに熊手がならび掘り返すつち

ふるゆきは誰のてのひら　瓦礫より骨の見つかる七歳の子の

二十二年連れそひて来し嫣の手をしみじみと見る雪の月の夜

祐禎さんも竹山さんも生きてゐる　ふたりの歌集てのひらに載せ

逆吊りにして鶏《とり》の血を垂らしたる竹山さんの手を懐《おも》ひたり

「亡くなつたことを認めることだから」あの日から手を合はせない人

ゆきほたる

うまれた家はあとかたもないほうたる　種田山頭火

ゆきほたると誰か名づけしきさらぎの会津絵らふそくまつり始まる

一万のほたるがはこぶ一万の死者のたましひともるらふそく

螢とふ字に火の二つよりそへば小さなる闇生まれたりけり

ほうたるの息ふふみつつ福島の雪あたたかくふりたまふなり

にんぐわつの雪ふる空はほうたるの匂ひがするとわが嬬のいふ

うまれたる家にかへれぬ大熊のほうたるの息、ほうたるのこゑ

あとかたもないほうたるの六どめのやよひのとをかあまりのひとひ

せば、せば

大曲から逆走のこまちより見るゆたかなる雪の畝はや

一月のま青きそらとしろがねの雪着てわれらを迎ふ秋田は

福島の雪踏んで来しわが足が秋田の雪を踏んでよろこぶ

八十年前に描かれた壁画より秋田の人の息が聞こえる

雪いろの徳利を立て熱燗の太平山を酌み交はす夜

刈穂純米大吟醸はしろたへの秋田をみなの肌の如しも

きりたんぽ煮えてゆく鍋見つめつつ少女の白き耳たぼを思《も》ふ

せば、せばが飛び交ひ我等やはらかく秋田の酒と言葉に酔へり

「心の花」秋田全国大会「祭」の題詠

ああ歌は祭とおもふ定型に死者と生者のいのちが踊る

甘い雨

二本松岳温泉にそのむかしニコニコ共和国といふ独立国あり

震災のいつとせ前に日本に統合されしニコニコ共和国

ニコニコ共和国の国会議事堂は岳温泉観光案内協会となる

赤椿《せきちん》の赤きいのちの白椿《はくちん》の白きいのちの香ににほふ夜

小手毬の切手を貼つて春の夜の月のポスト
に投函したり

鯉食へば思ほゆるかも晩年も髪の毛豊かな
りしおほははは

新聞は写真多かり三月の美談つくられ読み
捨てられぬ

「これは、まだ東北で、あつちの方だつたか
ら良かつた」あつちの方に生きるわれらは

東北で良かつたといふ大臣に踏みにじらる
るわれらの土は

大臣が生まれ育つた土地ならば良かつたな
どと言へるかどうか

どのような意味であつても東北で良かつた
などと言ふべくあらず

心なきひとの言葉に「復興」がますます遠
くなつてゆく春

いのちもつものは寂《さぶ》しききぞちりし桜のい
のち泛かべたる水

此れ迄に茂吉と加藤一二三氏に食はれし鰻
のいのちかがよふ

ははそばの母の名に負ふ桂の駒　母に賜ひしてのひらに載す

さるすべりの木肌をさるの兄弟がすべりゆくさま思へば楽し

田の水は張られて準備万端ぞ蛙鳴きそむ五月一日

南相馬市小高区の田の水光り七年ぶりの田植ゑはじまる

集団で登校をする七人のななつの影をよろこぶ田の面《も》

田の泥のこそばゆかりき苗植ゑしわが蹠は覚えてゐたり

歌ふとはうつたふること磐梯を映す田の面をわれらは愛す

会津嶺を仰ぎわれらはうつたへむ孤りのこころ研ぎ澄ませつつ

梅の実の青水無月の夜をねむる猫のこどもの鼻のももいろ

大沼郡会津美里の水無月のよるを「梅林タクシー」の行く

田んぼには蛙のこゑの充ちてをり蛙とともにわれも啼き継ぐ

水無月のそらよりたまふ甘い雨　会津の土といのちうるほふ

内心

六月十五日

亡き母の誕生日けふ朝早く「共謀罪」法可決されたり

母生れしろくぐわつのそら母といふ字を抱く青き梅の実のいろ

雨やみを待つ、否、途方に暮れてゐる下人のこころわれらのこころ

死に人の髪の毛を抜く老婆から着物を剝ぐは罪なりや否や

国民のいのちを守るためといひ草のことばを押し殺す雲

小さきはな集まりて咲くあぢさゐはテロ等準備罪にあたるか

内心を処罰するものではないといふ強弁を
聞くあぢさゐのはな

茄子の牛、胡瓜の馬

おほははの乗る茄子の牛ははの乗る胡瓜の
馬を棚に飾らむ

亡き人は甘き香りを好むとふあかつきを購
ひ供へたりけり

おほちちとおほははとははは三人の訛りを思
ひ迎へ火をたく

自転車に乗りおほちちはやつて来る鉄《くろがね》色の
ペダルを漕いで

いもうととおとうとと我、母のなき我等三
人で妣を語りぬ

ほうたると呼べばやさしく亡き人のこゑあ
らはれて一《ひと》つが光る

おほはははは丑年なりきゆつくりと茄子牛に
乗り帰る盆の夜

火をたいて命を迎へ火をたいて命を送る
ふるさとにゐる

開運橋

旭橋、夕顔瀬橋、開運橋　北上川を掻きい
だく橋

歌を詠む少年たちを迎へたる北上川の水面
光れり

みづからの歌のおもひをまつすぐに語る高
校生のこゑ愛《は》し

もしわれが十七歳であつたなら二十分では
たうてい詠めじ

それぞれに歌の持ち味引き出だす田中拓也
の温《ぬく》ときことば

わんこそば食ふ少年ら少女らを目守《まも》れる小
島ゆかりの笑顔

短歌甲子園終はればこの年の夏が終はると
ゆかりさんいふ

「この橋を渡るときには目をつぶり願ひごとを唱へる
といい」
八月のゆふべの開運橋を吹くしろたへの風
よろこぶわれは

うなふ
稲の花ほんのり咲《わら》ふまつがうら松川浦を吹
く風の音

遠つ人松川浦におほちちとおほははとわが
潮干狩りしき

地の霊と契る黄昏《くわうこん》　ゆつくりとくがねの稲
穂稔らしめたり

葉腋に小さなる実と中秋《ちゆうしう》の月のひかりを溜
むるいちじゆく

福島県南相馬市小高区で七年ぶりに稲刈ら
れたり

「言葉は、共有する記憶を表す記号なのです。」（ホル
ヘ・ルイス・ボルヘス）
東北《とうほぐ》は二千《にせん》五百《ごひやぐ》四十六《よんじふろぐ》のゆぐへふめいのい
のちをさがす

新井高子編著『東北おんば訳 石川啄木のうた』を読む。
土地ことばにて訳されし啄木《たぐぼぐ》のうだ読む渠《かれ》
のこゑおもひつつ

くろぐろと墨をぬりつつ秋《あぎ》の風ァ聴いだったぁ啄木の耳

広辞苑第七版に載るといふ「浜通り」「東日本大震災」など

生れてより百五十年、言葉もて生《いのち》を写す升《のぼ》さんの眼は

亡きひとの言葉と記憶うけつがむために訛りてゐたるわれらは

おほちちのその父も又その父もうなひし甘く黒き土《つぢ》はや

うたふとはうなふことなり福島《ふぐしま》の六年半《ろぐねんはん》のこころをうなふ

孤　客

何本のチョーク折りけむしろたへの粉をここだくわが吸ひて来ぬ

かへるでと鳥ひとつを黒板に描いて「楓橋夜泊」を誦《ずん》ず

雪いろの問題用紙、藁いろの解答用紙のせたるつくゑ

孤客とは誰をさすかといふ問ひに作者と書いた答へに○《マル》す

教職員人事評価のなき猫は道の真中に背中をこする

縄張りを争ふといふ凄まじきからすの喧嘩見てゐたりけり

しもつきのそらひかりつつ雪吊りをする男らのそびら広しも

雪降りたさうな空かもスタッドレスタイヤを履いた車と仰ぐ

被災地出身、でも被災者ぢやない。

「中間被災者」としての苦しみを抱へる胸にふる牡丹雪

ひさかたのあめよりふりて孤りなる雪を客とし迎ふ我等は

会津野

雪のヨは箒《はうき》なりけり万物を掃ききよめつつゆきはふるべし

雪特尼はシドニーのこと雪特尼に雪ふることをひとり夢みて

夕べより雪ふりたまひましろなる帽をかむれる柿の実あまた

くるまみな路肩に寄りて真んなかを救急車ゆく雪のゆふぐれ

錫いろの空よりふつてくる雪はあゝおほははの耳にあらずや

雪の詩を読む教室におほははがあくしよと言ひし嚔が鳴りぬ

白きものは畑をおほひ葱の葉の身のあをあをと直《すぐ》立つひかり

会津野にふれるしらゆき亡き人の言葉と声に逢へる気がする

七年のこゑ

二〇一八年一月二十一日　セレクトン福島「安達太良」

福島の七年のこゑ聴かむとしこゑを重ぬる
二十五人よ

屋良健一郎

分断をしないためには来し方を互《かたみ》におもひ
歌を読むべし

齋藤芳生

「フクシマ」の表記はわれが知つてゐる福島
ぢやない　大嫌ひなり

高木佳子

「正しさ」とはなにかわれらは望ましき弱者
になつてゐないかと問ふ

ふくしまに生れし言葉はふるさとの土を奪
はれさまよふらむか

おほちちとおほははとははと亡き人の土の
言葉《けとば》ぜ忘れかねつる

人と人のあひだを分かち人と人のあひだを
つなぐ言葉といふは

ふくしまの雪よ、言葉よ、分断を越えてあ
なたの胸に降るべし

亡きひとのゐてあたたかき月の夜の声かき
抱《むだ》くふくしまのそら

震災ののちに生まれしみどりごがもうすぐ
ランドセルを背負《しょ》ふ春

後記

わが第四歌集を「あらがね」と名づく。あらがねの土は、われらの体を産み、われらの言葉を産み、そしてわれらの心を産みたまふ。あらがねの土なくんば、われらの歌は産まれざりけり。言葉とは自らが生まれ育ちし土地や風土に根ざすものにして、短歌とは死せる者と生ける者とが互ひに静かに祈りを重ねていく詩形なり。

二〇一一年三月十一日の震災によつて亡くなりたる方々そして故郷の土を奪はれたる方々の心中を思へばやるせなく、いはむかたなし。此の集には二〇一四年夏から二〇一八年一月までの間に作りし歌より自選したる四二一首及び長歌一首を収めつ。年齢でいへば四十五歳から四十八歳までの歌をほぼ製作順に編みたり。

佐佐木幸綱先生には竹柏会「心の花」入会以来、御指導御鞭撻を賜り、厚く御礼を申し上げたく思ふ。また「心の花」の先輩諸氏友人をはじめとして、福島県歌人会、会津短歌会の皆様には常に大いなる刺激や温かい励ましを受けてをり感謝の念に堪へない。

本書の出版にあたつては、ながらみ書房の及川隆彦社主に一切をお願ひし労をとつていただきぬ。装幀は間村俊一氏がして下さるといふ。茲に記して両氏に深甚の謝意を表さむとす。

二〇一八年四月

本田一弘

本田一弘百首選（田中拓也）

第一歌集『銀《ぎん》の鶴《つる》』

（雁書館・二〇〇〇年十月一日発行）より

啼く蟬は残酷だつた少年が握りつぶした裔かもしれず

筑波山くつきり見える冬の朝われは最後の授業へ急ぐ

風の中われ全力で疾走すレギュラーになれなかつた奴らのために

呼び捨てできみの名前を呼んでみる聞こえぬやうに聞こえるやうに

緑なる夜のつきかげに濡れてゐる汝をぬばたまの髪より抱きぬ

かたはらに妻寝るあをき梅雨の夜をわれは入りゆく歌の林に

疲れたるひと日がをはる　ひつそりと馬のにほひのやうな日暮れが

LPに針を下ろせば苦きにがき父の青春が廻り始める

雪よりも静かにねむる青白き祖父の寝顔は永遠に笑はず

死ぬるまで吾にいくばくの時あらむ葉かげに精霊飛蝗しづまる

靄ふかき草野をい行く蛍ひとつ死ののちわれはいづみにならむ

たらちねの母音くぐもるみちのくに重く雪ふる冬は来むかふ

残業に疲れしまなこ窓にやれば厳然とたつ鶴ヶ城あり

犬死《いぬじに》と誰か言ひけむ会津野をあまねく覆ふ根雪となりぬ

賊軍と卑しめられし隊士らの墓埋めつくす重き雪かも

戦争の歴史を子らは暗記して試験終れば忘れてしまふ

ただ長く昭和の影がのびてゐる平成といふ語に馴染めずに

ファミコンのファミは家族《ファミリー》　子はひとり団欒をぬけ自室に籠る

見えずともいいところまで見えてしまふ淋しく長い麒麟の首は

デーモン小暮画面に唄ひ蕭蕭と酸性雨降る春のゆふぐれ

ほたるぶくろのやうにうつむく少年と真向ふ夜の職員室に

銀紙で折られし小さき鶴ひとつ冬の日に輝る教卓のうへ

結論の見えぬ会議にわれはただ激しく落つる雨をみてをり

殴《う》つも卑怯　殴たぬも卑怯　教壇に肩顫はせておもふ卑怯を

ぬばたまのしづけき夜半を光りゐる甲虫自動販売機は

第二歌集『眉月集《びげつしふ》』

（青磁社・二〇一〇年六月一日発行）より

まんづ咲くまんさくの花うつしみの黄《きい》の時間を掲げてゐたり

いちにんを撰びしことはそのほかを撰ばざること春の雪ふる

ぬばたまの夜のふけゆく家持の眉を濡らし
し月かたぶきぬ

どこからが今でどこから過去になるどうで
もいいと綿雲のいふ

桜の木いつぽんありてうば玉のやはらかき
闇君とみてゐる

この春の一年生に早苗とふ清しき名持つ少
女がふたり

春の野のつらつら椿つらつらと後半生をお
もふわれかも

磐梯の雪解水の身に滲みて田は一斉に笑ひ
初めたり

シノニムとしてのアントニム　生としての
死　死としての生

少年の守谷茂吉を愛《かな》しみし金瓶村にわれ佇
ちにけり

日本国などあらなくに一つなる日本めざし
て〈標準語〉あり

生徒らと読みすすめゆく『夏の花』題名は
さう平凡がいい

敬んで白《まう》しあげます　この街が少年の血にぬれてゐること

みなぞこにこごる心の澱として第二芸術論はありたり

中年の佐佐木信綱、中年の幸綱ともに雲を愛せり

たつぷりと余白ゆたかな歌集欲し余白ゆたかな人生もまた

人はいつ熟るるといふか月光に斉しく濡るるわれといちじゆく

三〇〇〇〇〇人死んだのだぞと言ひしかど何いつてんのみたいな顔す

ゆふかぜに紫式部ゆれてゐるをみなのこころはかりがたしも

わたくしは七つの穴をあけられて死ぬほかはなし人間として

携帯電話といふ語聞くたび思ひ出づ「女囚携帯乳児墓」を

家のこと何も話さぬ少年のひひらぎの葉のごときこころよ

少しづつ距たりてゆくわが孀とわれの間《あはひ》に
あはゆきのふる

かきくらし雪ふる夜のあを波のうねりをお
もふ繭籠る吾は

秋ぞらをゆつくりいそぐ幸綱の字に似る雲
よゆつくりいそげ

第三歌集『磐梯《ばんだい》』

（青磁社・二〇一四年十一月一日発行）より

みちのくの体ぶつとく貫いてあをき脈打つ
阿武隈川は

いづこにか雨にぬれたる猫がゐる闇やはら
かく猫になりゆく

白鳥のねむれる湖のしづもりを孀にかたれ
ば深けてゆく夜

雪をふむおとのかなしももう雪をふむこと
あらぬ母の足はも

うつくしき岸を持たりしみちのくのからだ
津波にぶんなぐらるる

天罰といひし人ありその人にありとあらゆ
る天罰くだれ

ふるさとの家《うぢ》さかへれぬかなしみはをみな
のちさき膕《ひかがみ》にある

みちのくの死者死ぬなかれひとりづつわれ
があなたの死をうたふまで

南《みんなみ》へ逃げてゆく人　東北に生まれ育ちて死
んでゆくわれ

おほちちの掌《て》を思ひ出すあかがねの月に濡
れたる雪を掬へば

線量の高い双葉に帰れない子が学校に二十
人ゐる

「頑張ろう福島」とある立看板《たてかん》のとなりでさ
くらがんばらず咲く

田の神の水の滴るさみだれに苗がよろこぶ
畦がよろこぶ

さみだれの降るふるさとに帰れない水溜ま
りをり傘の袋に

あしびきの山本八重の担ぎたるスペンサー銃光りゐし夏

帰還困難区域居住制限区域避難指示解除準備区域に帰れぬ人

引き受くるところあらなく福島のつち福島を移りゆくのみ

死者の息貼り付く空の青白し時間が解決するといふ嘘

福島の空をただよひわれらには見えざるものを鬼と呼ぶべし

雪解けの田に映る空　原発がなかつた頃を思ひ出せない

つんつんとつくしのごとく立つてゆく新入生は名を呼ばるれば

止まつたままの時間しづもる大熊は狐のいろの枯野となりぬ

黒真土、山鳥真土、白真土　会津の土をわれは愛する

モニタリングポスト埋もるる雪の朝われと生徒と白き息吐く

忘れえぬこゑみちてゐる夏のそら死者は生者を許さざりけり

第四歌集『あらがね』

（ながらみ書房・二〇一八年五月二十八日発行）より

たちあふひ空に伸びゆく少年のまなこまつすぐ我にまむかふ

やまばとのこゑにはじまり郭公のこゑに古典の授業終はりぬ

人生の時間ゆつくり減つてゆく柘榴ことしも実をつけてゐる

樫の実のひとりに生まれ死にてゆくことを肯ふにんげんなれば

歳晩の夜を嬬とゐて目にみえぬ雪のことばをふたり聴きをり

おほははの髪にふれなむここちして睦月のよるをふる銀の雪

土にかへることなき土が保管場《ほくわんば》へ搬ばれゆくをわれら見るのみ

福島の土うたふべし生きてわれは死んでも
われは土をとぶらふ

萬葉集巻八に鳴くほととぎすひとりひとり
の死者の名を鳴き

忘れねば生きていけねどこのところ震災詠
はめつきり減りぬ

しろたへのチョーク一本取り出して竹と大
きく黒板に書く

ふくしまに初冬の来て軒下は幾千本の大根
を抱く

もう五年いやまだ五年　五年といふ時間の
重き雪が積もりぬ

原発を建てたけれども我々はこんな事態に《ゲンパヅヲタデダゲンチョモオレダヂワコッダナゴドニ》
なると思はず《ナットオモワネ》

東北を六つに分けて海沿ひに原発十四建て
しわれらは

吾妻嶺はわれわれの嬬　雪解けの青きはだ
へを見するおまへは

遠ざける、さへぎる、そして管理する。蔑
されてゐる福島のつち

温《おとな》しく吾らは理由《わけ》も分からずに押しつけられたものを受け取る

『山月記』読む教室に時雨ふる四十の虎のこころ濡らして

東京は大丈夫です——係《かかり》助詞「は」に其の人の心根を見る

ふるゆきは誰のてのひら　瓦礫より骨の見つかる七歳の子の

にんぐわつの雪ふる空はほうたるの匂ひがするとわが嬬のいふ

ああ歌は祭とおもふ定型に死者と生者のいのちが踊る

雨やみを待つ、否、途方に暮れてゐる下人のこころわれらのこころ

ふくしまの雪よ、言葉よ、分断を越えてあなたの胸に降るべし

（「『あらがね』を読む」改訂版、二〇一九年五月）

歌論・エッセイ

佐佐木幸綱の一首

死ぬまで人、恋人その他うつしみの失うため
　の多く抱きて
『逆旅』

人間は生まれてから死ぬまでのあいだに、いったいどのくらいの人と出会い、そして別れるのだろう。
自分を産み育ててくれた父母、いっしょに育った兄弟姉妹、慈しんでくれた祖父母といった家族。友人、学校の教師。同僚、先輩、上司。歌のなかま。歌の師。恋人。やがて、その恋人は生涯をともに過ごす夫や妻になるかもしれない。二人の間にできた子供たち。そしてその孫。さまざまな人といろいろな場面で出会い、別れる。

本の扉に挟み込まれて二十年死者の名刺の終の肩書き
雨を着てさくらは立てり死者の生を新入生に
　講義しくれば
（「曼荼羅図」）

人間が死ぬまでに出会い別れるのは、なにも生きている人間ばかりではない。死者とも出会い、別れる。その人間が生きている間は、死者の存在を覚えていることによって、その死者は生きている。覚えている者が死ぬことによって、生きていた死者とも別れ、忘れ去られたそのとき、その死者は完全に死ぬ。

もちろん、人間だけではない。この世に存在するありとあらゆる〈生きとし生けるもの〉すべてのものと出会い別れながら、人は死ぬまで生きつづける。樹木、鳥、草、花、犬、猫、虫、われわれの身めぐりには実に多くのものが生きている。空も山も川も雲もみんな生きている。

人が生きていくということは、そうした愛すべき「うつしみ」を失っていくことだとも言える。

けっきょく最後には失うのだからそれらとあまり関わらないほうがいいのだろうか。そうではない。幸綱はそれらを「抱く」のである。けっして逃げない。抱え込むのだ。ここに幸綱の世界観が見てとれる。「抱く」といえば、すぐに『群黎』の「あとがき」を思い出す。

「歌うことは世界を抱くことだ。抱くことは共に燃えること、燃えることは予感することだ。抱けぬかもしれぬ、世界のたった一部に触れるだけかもしれぬ。それだっていいじゃないか。そう思って歌ってきた。」

そうなのだ、われわれが死ぬまでに抱けるものは、この世のほんの「一部」でしかないのである。しかし、その一部を精一杯抱いて生きるべきなのである。〈火も人も時間を抱くとわれは思う消ゆるまで抱く切なきものを〉と第七歌集『瀧の時間』において、「人も時間を抱く」と幸綱はうたっているが、冒頭の一首もまさしく「時間」がうたわれている作と読み取るべきである。自分ではない他者の「時間」を、自分が生きている「時間」のなかで抱き、そして失う。「失うため」は逆説であり、「失う」からこそ、「抱く」のだ。

（「心の花」二〇〇二年一〇月号）

ああ生きてゐる

かへりこし家にあかつきのちやぶ臺《だい》に火燄《ほのほ》の香《か》する澤庵を食《は》む　齋藤茂吉『ともしび』

三陸にてギバサとぞよぶ赤藻屑《あかもく》をとろとろ啜《すす》り眠たし春は　柏崎驍二『百たびの雪』

甘やかに薫るピースの両切りを夕べ喫むなりああ生きてゐる　島田修三『蓬歳断想録』

今まで当たり前だと思つてゐたものが、当たり前でなくなる。今回の震災によつて私たちは頭ではなく肉体でまざまざとそのことを実感した。その最たるものが「食」にかかはることだらう。パニックとなり挙《こぞ》つて買ひ漁り、スーパーやコンビニからは食べ物や水が消えた。さらに福島第一原発から大量の放射性物質が漏れ出し、汚染された野菜や魚や水そして土壌がいま深刻な問題となつてをり、解決の糸口はまだ見つかつてゐない。

一首目、茂吉留学中の大正十三年の暮れに自宅が火災によつて焼失した。全焼ではなく一部家が残り、帰国後そこで生活することになつた。ヨーロッパの食生活を三年ほど続けた茂吉にとつて、日本に帰つてからのわが家での食事は心から待ち望んでゐたものだらう。しかし、その食事は未だ嘗て経験したことのない食事であつた。「火燄《ほのほ》の香《か》する」といふ表現は、身を切り裂かれるやうに哀しく切ない。が、子供の頃から親しんできた日本の典型的な漬け物である沢庵を家族でちやぶ台を囲みながら「食べる」行為をうたふことによつて、作者が日本で家族と一緒に「生きてゐる」ことを実感してゐる歌だ。

二首目、柏崎は岩手県盛岡市に住んでゐる。三陸でとれる「ギバサ」とよばれる赤い色をした海藻は岩手の人たちには至極馴染みがあるものなのだらう。

「とろとろ啜《すす》り」とあるから粘りけがあつて口当たりのいい食感がする食べ物のやうだ。また、結句に「春は」とあるから春が旬なのだらう。岩手に住む人たちの春への心躍りが感じられるやうな一首である。

「眠たし」の主語はふつうは「われ」なのだらうが、「春」と読んだ方がおもしろい。「われ」と一体になつた春がギバサを啜つて眠たいのだ。すると、たちまちこの歌のスケールが大きくなり、ダイナミックな生命感そして季節感を帯びてくる。岩手に住む人が岩手といふ土地と季節をいとほしく思ひ、そこに「生きてゐる」ことを強く実感してゐる歌なのだ。

三首目、島田は愛煙家である。とりわけピースといふ銘柄を好んでゐる。タバコは誰もが口にしなければ生きてゆけないといふ類のものではない。いはゆる嗜好品だが嗜好品こそ日々の生活において幸せを感じ、自分が「生きてゐる」ことを実感するものだと考えられよう。単にタバコを吸ふのではなく、「喫む」といふ語が使はれているのにも島田の嗜好がよく表れてゐる。吸ふでは何となく味気ない感じがする。この歌集には他に「善悪の此岸を越えて甘やかにピースは薫りのべつ喫むなり」や「おとがひを右掌《みぎて》に載せて考ふる須臾をピースは燃え尽きむとす」などといふ歌もあり、善とか悪とかいつた二元論を超えて、此岸と彼岸の間に漂ふ甘い薫りをほんのしばらく慈しむ行為こそ「喫む」なのである。ピースが平和といふ意味をもつのも些かアイロニカルである。

ふだん何気なく飲み食ひをしてゐるものを歌にすることは案外むつかしい。客観的になれない。ややもすると日常報告的な歌になつてしまひがちだ。その食べ物と自分はどう関はつてゐるのか、生の実感としての歌を作りたいし、またそんな歌を読みたい。

掲出歌に出てきた「火酴《ほのほ》の香《か》する澤庵」「ギバサ」「ピース」、いづれも私は口にしたことがない。しかし、それらを食べるあるいは喫む歌を読むことによつて、作者と同じやうにいつしよに体験してゐるやうな気分になつてくる。食べ物を通じて作者がよんだ生の意味や実感を読者も歌からゆつくり感じ取り味はふ。これも歌のもつ力といへるだらう。

ちなみに私の返歌にでてくる「こづゆ」は私が住む福島県会津地方の伝統的な料理。豆麩、椎茸、人参、銀杏、里芋、木耳などが入つた色鮮やかな汁物で、まるくて平たい小ぶりな朱の漆塗りの器に盛られて出てくる。祝ひ事には欠かせない一品だ。

返歌

貝柱の出汁《だし》がたあんと滲みてゐるこづゆを食へばわれら華やぐ　本田一弘

（「短歌研究」二〇一一年九月号）

この言葉だけは

明治政府は、「標準語」を策定した。日本が近代国家として列強に伍していくためには、「標準語」の策定は必要不可欠なものであったろう。意志の疎通ができなかった国同士の人たちが、例えば薩摩の人と会津の人とが、「標準語」を媒介にして意思疎通を図ることができるようになった（井上ひさしがそのことを「國語元年」という芝居にしている。テレビドラマにもなったのでご存じの方も多いだろう）。そのことは大きな利点と言えるだろう。また、「日本」という「国家」を「国民」として意識させる手段として「標準語」はとても有効なものだったに違いない。

だが、一方で「標準語」の普及は、「標準」ではない言葉を劣ったものとして扱うことになり、日本語における豊かな部分を削ぎ落としてしまったように思う。それまで脈々と生きていた地域の言葉を痩せ細らせ、ひいてはその地域の文化を衰退させることにつながったといえるのではないだろうか。

一　方言撲滅運動

かつて「方言撲滅運動」というものがあった。「方言」が近代化を妨げるものだという考えのもとに公教育で展開された運動である。「方言」を話した者をお互いに告発させ、「方言」を話した者には「方言札」を首からぶらさげさせ、廊下に立たせるなど教師は方言を使用した子供たちを激しく叱責した。教育の場で「方言」は卑しいものであるという意識を子供の頃から植え付けていたのである。戦後になっても「方言」に対する矯正の意識は根強く残り続けた。昭和二十二年の学習指導要領（文部省）には、国語科の学習指導目標として「なるべく、方言や、なまり、舌のもつれをなおして、標準語に近づける」と記され、方言が矯正対象のひとつとなっていた。学習指導要領において、発音の「なまり」や癖に関する項目が消えたのは、平成十年のことである。つい最近まで「方言撲滅運動」が続いていたといえるだろう。その影響は大きく、「方言」に対する劣等感はなかなか消えることはない。

「方言撲滅運動」において特に虐げられたのは東北の「方言」だ。戊辰戦争をはじめとして明治政府に抵抗したということもあるだろうが、明治政府が東北地域を自分たちよりも劣っていて文化的に低い位置にあるとみなしていたことの表れだろう。例として明治四十四年に「東北地方の教育」と題して掲載された槇山文部視学官の談話を挙げる。

▲言語の矯正　東北地方には言語に訛が多く殊に鼻にかかるので甚だ聞き悪く場合に依りては其話の意味さへ分明せざることがあるので、話す本人は勿論聞取る方に於ても大に苦感を覚ゆるから之を矯正することは東北人一般の切望である。

（『岩手学事彙報』第八九〇号）

ちょうど同じ頃、岩手県出身の石川啄木が明治四十三年三月二十八日付けの東京毎日新聞に次の一首を発表した。

ふるさとの訛《なまり》なつかし
停車場《ていしゃば》の人ごみの中に
そを聴《き》きにゆく

後に歌集『一握の砂』にも収められた、余りにも有名な一首である。ふるさとの訛が懐かしくなって、停車場の人混みの中にそれを聴きに来てしまったという望郷の歌として読まれているが、平成二十七年十月に出た『石川啄木の百首』の中で小池光はこの歌について、次のように述べていて興味深かった。

啄木のような回転のきわめて速い、敏捷な頭脳を持った人間は、都市生活に順応するのも早く、言葉もたちまち標準語を話して、ふるさとの訛などとっくになくなっていたに違いない。この歌には、ふるさとの訛を話す人々と啄木の距離が歌われている。みずからが喪ったものであるからこそなつかしいのである。

小池の指摘するとおり、東京で暮らす啄木には、もはや生まれた渋民の言葉はなくなっていたのだろう。だからこそ、「ふるさとの訛」という、よく言えば客観的な、悪く言えば傍観者的な語が歌の中に出て来たのだろう。

「訛」を手元の漢和辞典で引くと、「①いつわる。いつわり。本来の意味をかえて相手をだます。本当でない、まちがったことば・考え。②なまる。なまり。本来の姿をかえて発音をする。正しくない発音や文字。まちがい。」とある。この歌の「ふるさとの訛なつかし」という表現の裏側には、都会で暮らす自分は正しい洗練された言葉を使っているという優越感、そして生まれ育った岩手の「方言」に対する含羞の滲んだ軽い侮蔑的な意識を読めると思う。

二　震災以後

震災から四年八ヶ月（今日は平成二十七年十一月十一日である）。震災から何年何ヶ月という言い方が枕詞のように使われていて、眉を顰める人もいるだろう。しかし、何も解決していない福島県に住む者にとっては震災から何年何ヶ月という言い方でしか、時間の感覚はない。

私が住む会津若松市には現在、大熊町の役場がある。役場の統計によれば、十一月一日現在で会津若松市に一四八九人が避難して住んでいる。大熊町に住民登録がある一〇七七三人が、原発事故に伴って、生まれ育ち住み慣れた土地を否応なく離れさせられ、故郷に帰りたくても帰れない事実があるということを私たちは忘れてはならない。

地震、津波そして原発事故が齎した衝撃や影響は計り知れないが、私は、方言に重大な影響を及ぼしたと考える。

大熊には大熊の方言があった。大熊の方言が、いま、大熊という土地を離れて、会津若松をはじめ、県内各地あるいは県外各地を帰るあてもなくさまよっている。今、現実に身のまわりで、ある地方の言葉が、その土地に息づいていた方言が消えるかもしれないということが起きつつあり、そのことに対して私は切実な危機意識を持っている。

「荒れはでだ浜の様子だが見どぐべし」我らがつかふ勧誘の「べし」　柏崎驍二『北窓集』

てんでんこ逃げろと言ふがばあさんを助けべと家さ馳せだ子もゐだ

道に立つ老婆が杖を指して言ふ「ほれ、うづぐす山だ、雲ひとづもね」

大ぎ波がまだ来るごどを忘れんな、おっとごろくとごろくとほつほ

雨のあどのはだげさなんぼでも落ぢで土に汚れでゐだ桐の花

俺だぢはどうしたらいい、あかままはくれな

ゐの穂を向き向きに垂る
沖さ出でながれでつたべ、海山《うみやま》のごどはしか
だね、むがすもいまも

柏崎は、岩手県盛岡市在住。平成二十七年九月に出されたこの歌集だけでなく、岩手の方言を多く歌にしてきたが、今回は震災以降に作られた作品に絞って読んでみたい。

一首目、「べし」という古語の助動詞が現在も方言として生き残っている。「べし」が日常会話で使われることは他の地域では全くないといってよいだろう。そして「我」ではなく、「我ら」が使われていることにも注目したい。方言は個のものではなく、複数の「我」の、つまり共同体の言葉であるという意識がこの一首に表れている。二首目の「べ」は「べし」の変化した形。「べし」には様々な意味があるが、ここでは意志を表し、「助けよう」の意味。「てんでんこ」は岩手地方に伝わる津波の際に心がけておく言葉で、家族を助けることよりも自分の命を優先して守り、各自逃げることを意味する。この歌では祖母を助けようと家に馳せた子もいたという事実が方言で歌われている。仮にこれがいわゆる「標準語」で歌われたらどうだろうか。まったく味わいの薄い歌になるだろう。四首目の初出は「短歌研究」平成二十四年七月号。その時は下句がカタカナの「オッホゴロクトゴロクトホッホウ」となっていた。「天災は忘れた頃にやってくる」と寺田寅彦が警鐘を鳴らしたように、人は時間が経つと災害があったことを忘れてしまう。その警句が岩手の方言で歌われることによりいっそう説得力が増す。また、「おつとごろくとごろくとほつほ」というフクロウの鳴き声がその警句を発しているようにも読める味わいの深い歌だ。

鈴木竹志は「歌壇」平成二十七年十一月号の時評で『北窓集』をとりあげ、「方言を用いることによって、より生々しく被災地の人々の生きる姿が立ち上がってくる。そして、被災地以外に生きる者には、より印象深い作品として記憶に残るのである。」と述べており、たしかに柏崎の作品を読むと、「方言」の

使われている地域の風景や現実を読者はより切実に感じることができ、「方言」でなければこの世界観を読み味わうことはできない。

どうやつて生きていぐンだ嗟のこゑの瓦礫よりして正午きたれり　高木佳子

しやああんめえは仕方なきこと、吾ら生くるこの現在はしやああんめえか

おつかあはもう帰んねハ　甘栗の殼の嵩みに爪は黒ずむ

高木は福島県いわき市在住。一首目は平成二十四年七月に出た歌集『青雨記』より。無機物である瓦礫から怨嗟の声を感じ取る歌である。方言で表されることにより切実に響いてくる。二首目は平成二十五年一月十五日「朝日新聞」夕刊より。歌われているように「しやああんめえ」は「仕方がない」という意味の言葉である。放射能汚染に苛まれている日常は「しやああんめえ」という語で片づけられていいのか、という作者の、いやその地に住む人々の憤りが詠まれている。三首目は高木の編集する個人誌「壜」八号より引いた。「ハ」という語尾に愛する家族を喪った悲しみが込められている。一、三首目に用いられた方言はいずれもカタカナが交じっている。高木の表記に工夫が見られる。福島の言葉の発音に込められた被災者のやるせない思いを何とか歌に残せないかという高木の意志を私は読む。

熟すことのなき我を恥ず祖父《おおちち》に「中途半端《なまらはんじゃく》」を叱られしこと　齋藤芳生

方言も乾きこぼるるばかりなり雪の少なくなりし集落

もうやめっぺ、で済むことの何もなきことをおぼえて雨に伸びる向日葵

放射線量日々生真面目に計測す　さすけねえ、とはかなしきことば

「お晩です」すれ違うひと闇に消え泥は足跡をとどめて凍る

平成二十六年九月に出た第二歌集『湖水の南』より。齋藤は二年ほど前から故郷の福島県福島市に住んでいる。「言葉」を通じて「故郷」を問い続けている歌人である。四首目の註に「さすけねえ＝差し支えない、大したことはない、大丈夫だ」とあり、「さすけねえ」といぅ言葉には原発事故による放射能汚染問題に対する、悲しいあきらめの心理が濃く滲んでいる。

「廃炉まで四十年はかがんだど　生きでるぅぢの話でねえな」　藤田美智子

「さすけねえ」と言われつつも原発のトラブルのたびに不安の募る　岡崎タキ子

「さすけねえ」一年ぶりにきく浪江弁千葉に集える語り合いの場に　守岡和之

春先にまたも大雪降りやまぬ空を見上げてもうよっぱらだ　木村セツ子

自販機に「よーぐ来らったなし」と迎へられうるほひてゐる喉もこころも　鈴木恵美子

自らの土地の言葉である方言を歌に積極的に取り入れようとする動きが震災以降に多く見られるようになった。その動きは歌集を出しているようないわゆる専門歌人だけのものではない。特に福島で短歌を愛好し作っている一般の人たちにその意志は表れてきている。作品的評価は措くとして、自らの言葉に目を向け、歌に残していこうとする強い思いを私は意義深いものだと考える。

一首目、廃炉まで一口で四十年といぅが、その時間は余りにも長い。自分たちの死後、廃炉になるかどうかも疑わしいという思いが方言で歌われることにより、生々しく読者に訴えかけてくる。二、三首目の「さすけねえ」といぅ語は齋藤芳生の歌にも見られたが、その言葉の意味とは裏腹に不安を増幅させる皮肉な言葉である。そして避難先だと思われる千葉で聞く「さすけねえ」は、懐かしい響きも併せ持つのである。四首目の「よっぱら」は「十分、たくさん」の意。雪に対する嘆きが歌われる。五首目は方言を喋る自販機の歌。自販機から発せられる方言に癒されている。「よーぐ来らったなし」は会津弁で「よく来て下さいましたね」の意。「よーぐ」は「良く」が濁音化したもの。

東北の方言はずばり「濁音」といっていいかもしれない。

三月十一日――東北に住む人間にとってこの日は「さんがつじゅういちにち」と清音で表されるものではない。永遠に濁音の「サンガヅジュウイヂニヂ」であり続ける。濁音にくぐもる「言葉」そのものが東北人のアイデンティティなのだと強く感じる。

古代東国の人々が、都とはちがう、あくまでも自前の言葉で短歌をつくったそのことの意味を、私たちはあらためて考えてみるべきではないだろうか。

地方文化の充実がさかんに言われる今日である。そこで大切なことは、中央に対して地方を言うことが、中央に対する抵抗を意味しなければならない点であろう。古代東国の人々が自前の言葉で短歌をつくったということは、意識するしないにかかわらず、中央文化に対する抵抗であったと私は考える。

（佐佐木幸綱『万葉集東歌』）

佐佐木幸綱は、東国の方言が数多く用いられている『万葉集』の東歌を「抵抗歌」として読んでいる。佐佐木に倣って言えば、時代こそ異なるが、方言に関心を寄せてそれらを取り入れて歌を作ろうとしている試み、「自前の言葉」で短歌を作っている動きを、私は「中央文化に対する抵抗」の一つだと考えている。

三　この方言だけは見知り越し。

福島県小川村（現在、いわき市）出身の詩人、草野心平に「故郷の入口」（『大白道』所収）という作品がある。その冒頭を引こう。

たうとう磐城平に着いた。

いままで見なかつたガソリンカーが待つてゐる。

四年前まではなかつたガソリンカーだ。

小川郷行ガソリンカーに乗り換へる。

知つてゐる顔が一つもない。

だんだん車内は混んでくる。

中学生や女学生たちもはひつてくる。

知つてる顔は一つもない。

四年前まではそんなことはなかつたのに驚いたことになつた
ものだと時間の恐しさを考へてると。

「お蚕様《かえこさま》んときなんして来なかつたんだ。」

「んだつて。んげながつたんだもの。待つてだつぺ。」

「おら。てづだつてもらふべと思つてえよ。」

「さうげえ。こんだからね。」

ああ。

この方言だけは見知り越し。この言葉だけはおれのものだ。


「この方言だけは見知り越し。この言葉だけはおれのものだ。」という心平の言葉が、震災以後のわれわれに格別に滲みてくる。原発事故のために放射能に汚染された土はもう取り戻せない。廃炉まで四十年。廃炉になったからといって元の土に戻るわけではない。元の暮らしが戻るわけではない。震災前に暮らしていた人たちが戻るわけでもない。何一つもう元に戻ることはないのだ。

産土という言葉がある。人が生まれた土地のことである。土地には人だけではなく言葉も生まれた。その土地にしかない言葉が生まれた。その言葉を使っている暮らしが生まれた。その言葉を使った人がその土地で生きて、そして死んでいった。その言葉はその人の一生という短い期間だけではなく、何代も前からその言葉は使われ、そして死んだ後もその言葉は使われていった。

心平は「この言葉だけはおれのものだ」と言って

いるが、「方言」は「おれ」個人の言葉ではなく、「おれたち」の言葉でもあるのだ。つまり、共同体の言葉である。また、「方言」は、生きている者の言葉であると同時に、死者の言葉でもあるのだ。

二十一世紀の視座として言うならば、自ら生まれ育った土地に根付く言葉をもう一度見つめ直そうではないか、ということだ。標準化された中央の言葉ではない、豊かな香りとあたたかい体温を持った言葉を千数百年の間ビクともしなかった短歌という形式に流し込むことによって、短歌はより豊かなものになり、今後も生き続けていくに違いない。広く言えば、「方言」に限らず、今の「言葉」を未来の人たちに残すべく短歌という器に容れておくという意識が、短歌に求められることなのだと思う。

明治政府による方言撲滅運動の影響が完全に消え去らぬ平成二十三年三月十一日に震災が発生し、それに伴う原発事故が起きた。原発事故によって生じた、目に見えない様々な放射性物質に我々の「言葉」を撲滅されては堪らない。たとえ故郷の土地を失ったとしても、その土地に根付いていた我々の「言葉」を失ってはならない。「言葉」を守り、次世代に受け継いでいく責務が我々にはあるのだ。

（「短歌往来」二〇一六年一月号）

人間どもよ

——佐藤祐禎論

祐禎さん、といつも呼んでいた。

祐禎さんに初めて会ったのは、平成四年秋に東京で行われたある短歌大会の席である。もう二十年以上前になる。短歌を作り始めたばかりだった私が福島県からやって来たと知ると相好を崩し、人懐っこい笑顔で握手を求めて来た。長年農業に勤しんできた祐禎さんの手は分厚く、大きかった。その大きな手のように人柄も豪放磊落、人を包みこむような優しさを持っていた。

その後、福島県歌人会の集まりなどでよく会うようになり、その度に「若い人にがんばってほしい」とあたたかく声をかけて下さった。丁度年齢が四十も上である先輩歌人ならば「佐藤先生」或いは「祐禎先生」と呼ぶべきだったのだろうが、一度もそう呼んだことはなかった。

平成二十五年三月に亡くなった佐藤祐禎という歌人の存在を震災前から知る人は少ないだろう。不幸にも原発事故以降、平成十六年に刊行された第一歌集『青白き光』がとりあげられるようになった。震災前から佐藤祐禎は原発の危機を訴える歌を作り、短歌作品によって鋭く世に問いつづけ、また福島県では福島県歌人会長を務めるなど指導的な立場で活躍していた。だが、いわゆる全国的な歌壇で光が当たることはなかった。そして今度の震災をきっかけに不幸にも佐藤祐禎の歌に注目が集まってしまったのである。

佐藤祐禎を単なる一過性の歌人におわらせてはいけない。今回、佐藤通雅氏から佐藤祐禎論を書かないかという慫慂を有難くもいただいた。今まで目をかけて下さった祐禎さんに対するご恩返しのつもりで祐禎短歌の魅力の一端について書こうと思う。

さて、ここで佐藤祐禎の年譜的事実を簡単にまとめておく。

一九二九（昭和四）年三月三十一日、福島県双葉郡大熊町に生まれる。一九四一（昭和十六）年、福島県立双葉中学に入学。一九四五（昭和二十）年、双葉中学を繰り上げ卒業。以後、農業を営む。一九八一（昭和五十六）年、町の公民館主催の短歌教室に行き、短歌を作るようになる。以後、朝日歌壇をはじめ新聞歌壇や各種短歌大会への応募を積極的に行う。一九八二（昭和五十七）年「アララギ」に入会。一九八九（平成元）年「未来」入会。近藤芳美に師事する。一九九三（平成五）年、福島県短歌祭が大熊町にて行われる。近藤芳美を講師に招き、実行委員長として活躍。一九九七（平成九）年「アララギ」終刊。一九九八（平成十）年「新アララギ」に入会。「新アララギ福島会」や地元結社「水流短歌会」を立ち上げる。二〇〇四（平成十六）年、第一歌集『青白き光』（短歌新聞社、歌数五一一首。序文＝宮地伸一）上梓。二〇〇五（平成十七）年、福島県歌人会の会長になる。二〇〇九（平成二十一）年まで二期四年間務める。後に顧問となる。二〇〇七（平成十九）年、福島民友新聞の文芸短歌欄の選者になり、二〇一二（平成二十四）年九月まで務める。二〇一一（平成二十三）年三月、東日本大震災に遭う。原発事故に伴い、以後亡くなるまでいわき市で避難生活を余儀なくされる。二〇一二（平成二十四）年六月、現代歌人協会会員となる。九月、心筋梗塞に襲われ倒れる。以後、十二月、『青白き光』がいりの舎より文庫で復刊される。二〇一三（平成二十五）年三月十二日、低酸素性脳症による心停止のため、いわき市の病院で死去（享年八十三歳）。

短歌を学び始めたのは五十二歳。晩学である。政治への関心が高く町会議員への立候補を考えていたが、家族から猛反対を受け、断念したという。それがきっかけになって、もともと短歌に興味など無かったが、その鬱屈した気分を紛らわせようとして出会ったのが短歌であった。「アララギ」、「未来」、「新アララギ」といった写実系の結社に所属しながらおよそ三十年にわたって歌を精力的に作り続けた。多作をモットーとし、晩年になってもひと月に二〇〇首以上の歌を詠んだ。心身共に驚くべきパワーの持ち主であった。

プルサーマル第一原発に装塡の記事は小さし目立たぬごとく
ウラニュームに汚染されたる町民らプルサーマル装塡に声のあがらず
プルサーマルは如何なる色に燃ゆるらむ青白き光かはた透明か
危険よりもくらしが大事か原発の町の人口年々に増ゆ

「未来」平成二十三年三月号から引いた。三月号であるから、この歌が作られたのは恐らく一月頃だろうか。東京電力が大熊町にある福島第一原子力発電所三号機で計画していたプルサーマル導入について、平成二十二年八月、福島県が受け入れを決定したことをうけて佐藤はその危機感を歌に詠んだ。平成十六年に出された歌集『青白き光』が後に震災を予言した書であると言われるのと同じように、この四首も佐藤のいわば「虫の知らせ」だったのか。特に四首目は大熊町の人口が年々増えていくことを批判した歌だが、この後起きる原発事故のために全町民が避難せざるをえなくなり、増えるどころか町から誰もいなくなる。震災が起きた「三月」の名をもつ号にこのような歌が載ったことは偶然にせよ運命的なものを感じる。

突然の大揺れに地べたにはりつきぬ見るみる前の地面裂けゆく
橋上より海見てをれば忽ちにふくれ上がりて川押して来つ
書棚倒れ茶棚散乱に踏み処なし何も持たずに走る避難場
避難場に一夜すごせば突然の放送は原子炉の放射漏れ告ぐ
東北の最僻地なりしわが大熊原子炉破壊に世界に知らる

テレビに見しかつての日本沈没と何ぞ変わら
む東北沿岸部

大型バス・自家用車道路を埋めにつつ長蛇の
列なす避難道路に

今ははや言も絶えたり目の前を押し流さるる
家々見つつ

取敢へず県中の嫁の家に来つ二家族十二名あ
はてふためき

うからへの電話通じず三台のケイタイと卓上
電話はなさず

「未来」平成二十三年六月号に載った一〇首を全て引いた。三月十一日午後二時四十六分に起きた地震、津波、原発事故、そして原発事故に伴う避難の様子が直截に歌われ、体験者ならではの実感がよく伝わってくる作品である。祐禎はもともとアララギの写生を第一信条に作歌してきたので、修辞技巧といったものに重きをおかない。勿論この一連もそうだ。散文で使うことが多い生硬な語を強引に歌の中に入れ込んで自分に起きたできごとを歌い、自分の思いを吐き出す。直球勝負で読者に歌を投げ込んでくる。マグニチュード9の揺れを経験したあの恐怖や驚きの気持ちを歌うのに明喩、暗喩などといった表現技法を考えている余裕はない。祐禎の従来の手法が力強さを発揮したのである。渾身の一〇首がえもいわれぬ緊張感・切迫感をひしひしと訴えかけてくる。

祐禎は震災直後、息子の妻の実家である県中地区に避難したようだ。そして最終的にはいわき市の方に妻、孫と一緒にアパートの一室に落ち着くことになった。

厖大な書籍を残して来たる悔い着の身着のま
ま是非もなからむ　「未来」平成23・9

蔵の中の米二十俵三百リッターの軽油そのま
まに逃げ出して来つ　「新アララギ」平23・8

漢和と国語の辞典買ひたり諸橋十余巻国語十
巻置きて逃げ来し　「未来」平23・9

置きて来し幾許は取りに戻りたし証書、通帳、補聴器、背広　「新アララギ」平23・10

緊急避難に置きて来しもの貯金通帳実印免許証また保険証　「新アララギ」平成23・11

置きて来し農機具あまたこれからを如何にすらむと夜々思ふなり　「新アララギ」平24・12

避難生活の身に起きたさまざまな場面を祐禎は歌ったが、中でも故郷大熊町に置いてきたものを繰り返し歌っていることに注目した。避難をするということは一体どういうことなのか。実際に避難をした者でないと本当の思いはわからないが、祐禎の作品を読んでみて、「避難」とは単に災難を避けて安全な場所にのがれるということに加えて、身めぐりにあったすべての物を置いて来ることなのだと思った。自ら避難することを選んだ人間は、自ら持っていくものを考え冷静に選ぶことができただろう。しかし祐禎のように「着の身着のまま」避難をせざるをえなかった人たちがたくさんいた。彼らは自ら持って行くものなど選べなかった。祐禎の歌には、書籍・米・軽油・辞書・証書・通帳・補聴器・背広・実印・免許証・農機具などいやが上にも置いてこざるをえなかった物の具体的な固有名詞が淡々と挙げられ、それによってよりいっそう筆舌に尽くしがたい無念さがリアルに伝わってくる。

「アララギ会員である私に取って齋藤茂吉は絶対の歌人であり、最初読んだ歌集が『茂吉選集』だった。それ以来私の歌のバイブルとして正岡子規とともに何度も読み返してきた。故にいつの間にか茂吉歌五百首近くを暗誦してしまった。余りにも多い秀歌の中で、この歌が特に私の心を揺さぶってやまない。私の家はフクシマ原発の四キロ圏内にあり、半永久的に帰れなくなったのである。
(後略)」

『短歌研究』平成二十四年四月号の「私の好きな茂

吉の歌」という特集に寄せて書かれた文章の一部である。文中の「この歌」とは、『小園』所収の「このくにの空を飛ぶとき悲しめよ南へむかふ雨夜かりがね」である。年譜的事実で確認したとおり、祐禎の原点はアララギである。中でもアララギの歌人である茂吉を頗る敬愛していた。それは、震災以後も変わらなかったはずである。いや、原発事故に伴う理不尽な避難生活を送る中で、かえって理由こそ違え住み慣れた東京を離れ失意の底にあった斎藤茂吉という歌人の存在が自分にぐっと近づいてきたのではないだろうか、と私は推察する。

茂吉への思いはたびたび歌に表れ、「民族のエミグラチオのさながらに原発ゆ逃げて町ごと移動」「大正の銀座十字路に牛歩みゐしと詠みたる茂吉は歌に」「「はえぬき」とふ米を買ひたり茂吉の母焼きし跡どころのめぐりにて見き」「原発に家族離散のこと思ふ茂吉も離散す意味は違へど」「妻眠る傍にスタンドの灯を寄せて文庫本「寒雲」読みつづけをり」といった茂吉にかかわる歌を祐禎は数多く詠んでいる。

ぽつりぽつり歌稿送りくる仲間ゐてわれの日常寂しくあらず　「新アララギ」平23・10

パソコンとプリンター息子が運び来て新聞選者復活したり　「未来」平成23・10

九時とならばテレビは孫に明け渡し文明全歌集にふたたび向かふ　「新アララギ」平24・11

避難する鬱を遣らはむこと二つ日々の散歩と詠みて書くこと　「新アララギ」平23・12

碌な歌作れぬ癖に人の作難癖つけて楽しむわれか　「新アララギ」平24・7

避難生活を続けた祐禎の寂しい日常と鬱勃とした心とを慰撫したのは歌であり、歌の仲間であり、そして先ほど挙げた茂吉や文明といったアララギの歌人の作品であった。二首目に「新聞選者」とあるが、祐禎は地元の新聞である福島民友の文芸短歌欄の選者を五年ほど務めた。平成十九年七月から始まったが、原発事故により避難生活を送っていたために約四か月間（平成二十三年三月から六月まで）選者の仕事ができなかった。その再開を喜んだ歌である。祐禎の選歌欄は、平成二十三年七月六日付けの新聞から再開される。この欄の末尾には「選者詠」と「選後寸感」が記されるのだが、次のとおりである。

突然の揺れに思はず地に伏せば目前の舗装見るみるに裂く　選者詠

《選後寸感》皆さんお久しぶりです。すでにご承知の如く大熊を追われていわきに難を逃れて来ました。暗い世となりましたが希望を持って生きましょう。どうぞよろしく。

自らが苦しい状況にありながらも祐禎は他者を元気づけ励まそうとする。同日付けに最初に採った作品は、「被災して一時帰宅の酪農家牛の安楽死語り泣き出す」という歌である。「この度の大震災の悲惨さはあまりにも多く詠まれてきたが、尽くすということは無い。当事者の作ではないが映像に見た悲惨さは多くの人の涙を誘った。酪農家にとって牛はまさに家族なのだ。言うべき言葉を知らない。」との評を寄せている。

われらより見れば見えざるものに懼れ四散するさまにんげんどもよ

自らの手で引き出せる光線の暴走なすすべあらぬ無惨さ

億年の眠りを覚まし取り出ししわれらを制御出来ぬあはれさ

人間は慌てふためき散乱す頼みて逃げよといふならねども

空を飛ぶ機械作りしにんげんがわれら引きだしなすすべ知らず

自らの意志もて出づるにはあらずにんげんどもの驕りの果てぞ

自然界になかりしものを作り出しその見返りに滅亡の世か

すでにして神を信ぜざる人間の末路のあはれ
彼らは知らず
にんげんよ君らは貧に還るべしこんどが天の
啓示ならむを

「未来」の作品欄は個人ごとに「◇」の記号で区切られているのだが、平成二十三年の十一月号に発表された一〇首は「人間どもよ」という題が敢えて掲げられている。震災以降の祐禎作品に題が掲げられたのはこの号だけである。この連作に対する祐禎の思い入れの深さがわかるだろう。また、平成二十四年四月号「うた新聞」に発表した一一首の表題も表記こそ違うが「にんげん共よ」である。「人間どもよ」――人間に対する呼びかけが最晩年の祐禎短歌のキーワードだ。まさに絶唱というべき連作である。

一首目、「われら」とは誰か。この一首だけではわかりにくいが、この一連で、祐禎は自分がウランに成り代わって原発事故を糾弾しているのだ。修辞技巧を排し、ひたすら写実という手法を信奉し歌を作ってきた祐禎においては実に画期的な試みである。自分たち(ウラン)から見れば、目に見えないもの(放射性物質)に懼れ逃げまどう人間どもよ、と痛烈に糾弾する。「無惨さ」「あはれさ」という結句の収め方は祐禎らしい無骨な表現だが、このストレートな物言いに人間の業の深さがいっそう表れる。特に最後の一〇首目の「にんげんよ君らは貧に還るべし」が強烈なメッセージ性を帯びる。科学技術が発達し豊かな社会を謳歌していた人間に対して、もう一度何もなかった「貧」に還るべきだと訴えるのだ。助動詞「べし」が祐禎の思いの強さを表す。「こんど」とはもちろん平成二十三年三月十一日に発生した震災に伴う原発事故である。

佐藤祐禎は、自分だけが正しく他の奴らがまちがっているのだと声高に大所高所から物事を論じている人間ではない。もしそのような人間であったなら、私は恃まない。祐禎は自分だけが正しいなどとは思っていない。「人間ども」の中には祐禎自身も含まれている。なぜなら次のような歌があるからである。

反原発称へしわれをざまあ見ろとごとくに水素爆発したり　「未来」平23・9
電柱の嘴太ひとつざまあ見ろと帰れぬだらうとあざけりて鳴く　「新アララギ」平24・1

二首の歌に共通する「ざまあ見ろ」という自らを罵倒する言葉。自らを含めて人間がなしてきたことを客観的に見つめ自らを嘲笑うこの言葉は、今回の事故は自分とは無関係で周りのせいにする人間には吐けない言葉である。
佐藤祐禎の歌というと、原発をひたすら糾弾する怒れる人の歌といった印象が強いと思うが、必ずしもそのような歌ばかりではない。ふっと肩の力が抜けた、味わい深い歌も少なからずある。

閉ざされてガラス戸見上げ啼く猫も寂しからむかあはれこの声　「未来」平24・11
首垂れてセントバーナード犬行けり大きな体小さく見せて　「未来」平24・11
犬の糞ていねいに拾ひ尻拭きて頭を下げてゆくをみなあり　「新アララギ」平24・11

平成二十四年九月に病で倒れ、その後意識が戻らぬままに亡くなったので、いずれも所属した結社誌に載った最後の作品である。一首目、「閉ざされてガラス戸見上げ啼く猫」に自らを見ている。「も」という助詞が効いている。大熊という故郷を喪失し、いわき市のアパートで避難生活を送り一室にとじ込められた祐禎の自画像だろう。二首目に歌われた犬にも自分を見ているのだろう。三首目、尾籠な場面をユーモラスにとらえながらも、「をみな」に寄せるあたたかいまなざしがこの歌には滲んでいる。これらは避難生活の中で老いを深めた日常の風景をとらえた嘱目詠ではあるが、祐禎のこれまでの人生を重ね合わせて読むと、滋味ふかくしんみりとしてくる歌だ。

もろもろは遠くなりつつおぼろなる思ひを探
しひと日暮らしつ　　「未来」平24・11

佐藤が敬愛した茂吉最晩年の歌を髣髴とさせる歌だ。人生の境地をさらに深め、物事の真実をえぐりとる作品をまだまだ読みたいと思わせる歌である。

佐藤祐禎は、人を愛し、故郷の土地大熊を愛し、歌を愛した人間であった。人間の滅亡を歌い、科学技術とりわけ原発を受け入れる人間の愚かさを冷徹とも言えるまなざしで見つめ、ストレートな言葉で衒いなく歌ってきたが、その根底には人間存在への限りない愛情が深く横たわっていたと私は思う。紙幅が尽きてしまった。本稿では、震災以後の作品に絞って祐禎短歌の魅力の一端を述べてきたが、まだまだ言い尽くせていない。

ごめんなさい、祐禎さん。

（「路上」一二八号、二〇一四年三月）

口惜しさは

――大内與五郎のシベリア抑留詠

二〇一五（平成二十七）年四月三十日、厚生労働省は、第二次世界大戦後にソ連が設置した収容所などで死亡した日本人抑留者のべ一万七二三人の名簿を新たに公表した。戦後、ソ連はポツダム宣言に反して武装解除を受けた日本兵ら約六十万人を、シベリアなどの収容所に抑留し、道路・鉄道建設や伐採作業などの重労働に従事させた。抑留者らは厳寒の中、満足な食事や休養を与えられないまま、過酷な労働を強要され、栄養失調などで約六万人が死亡したといわれている。

*

口惜しさは耐ふるより無き俘虜の日に続きて
永きわが精神史　　大内與五郎『海門の雲』

口惜しさは耐えるよりほかしかたがないのだ、俘虜の日からずっと長い間変わることなく続いている私の精神の歴史よ。俘虜として囚われた日々に味わった「口惜しさ」を長い間抱えてきた人間のふかい鬱屈、断念、そして沈黙がこの歌には刻まれている。『海門の雲』（昭和六十一・三　九藝出版）は、大内與五郎の第二歌集。大内には二冊の歌集があり、第一歌集『極光の下に』（昭和四三・九　新星書房）は、第十三回現代歌人協会賞を受賞している。大内は『現代短歌大事典』（三省堂）にもとりあげられている歌人ではあるが、その人となりや作品について知る人は恐らく少ないだろう。以下、大内の経歴を簡単に記したい。

オオウチヨゴロウ。一九一七（大正六）年、茨城県那珂湊（現在ひたちなか市）生まれ。旧制水戸中学卒業。昭和十三年三月、満州に渡る。ハルピンで会社勤務（とあるが『海門の雲』の「あとがき」に二年半の兵役をハルピンと国境の街満州里ですごした、との記載があることから兵役に従事していたと推察する。なお、除隊後の昭和十五年以降もハルピンに住んでいる）。昭和十六年、山本友一の歌集『北窓』を読んだことがきっかけで、同年十二月、国民文学へ入社。松村英一に師事。昭和二十年四月に応召され、牡丹江鉄道第二十連隊に配属される（予備役陸軍工兵軍曹）。応召のため、国民文学退社。八月敗戦。武装解除となったが、ソ連軍に囚われる。昭和二十年十月から昭和二十三年六月まで、シベリアのタイシェット地区捕虜収容所等に抑留される。昭和二十三年六月、復員。国民文学に再入社。昭和二十五年一月、第一回半田良平賞受賞。昭和三十三年一月、国民文学第一同人。昭和四十三年九月、第一歌集『極光の下に』を刊行。昭和四十四年、同書により第十三回現代歌人協会賞受賞。戦後は福島県いわき市で暮らした。福島県歌人会常任委員や福島県歌人会会長（昭和五十四年から二年間）を務め、指導的役割を果たした。通商産業省（現在の経済産業省）管轄の平石炭事務所に長年勤務したこともあって、炭鉱労働者に深い理解を示し、編著書に『常磐炭田戦後坑夫らの歌』（昭和四十九・七　いわき歌話会）がある。二〇〇六（平成十八）年、八十八歳で死去。

第一歌集『極光の下に』は、「凍港」「極光の下に」「恵風集」の三つの章から成っている。「凍港」は満州に滞在していた昭和十六年十二月から昭和二十年八月までの作。「極光の下に」は昭和二十年九月から昭和二十三年九月までシベリア抑留中の作。「恵風集」は復員後の昭和二十三年九月から昭和四十二年九月までの作を収める。第二章の「極光の下に」は全部で一六八首あり、「武装解除」「郭化収容所へ向ふ」「入国旅情」そして「収容所雑詠」が「一」から「十四」までの計十七の連作が収められている。

兩眼は流れ蛆わく兵をすら見るのみにして曳かれきにけり

銃聲に列みだしたる雁は遠くなりつつ竝みわたりゆく

「郭化収容所へ向ふ」より二首引いた。囚われた大内らの隊はまず最初に敦化収容所へ向かった。「敦化」は現在の中国吉林省延辺朝鮮族自治州敦化市。（「郭化」とあるが、「敦化」の誤りだと思われる。）一首目、連行される身にとって、同じ日本兵の無惨な姿をただ見ることしかできなかった無念さが伝わってくる。二首目、銃声に列を乱しながらもまた列をなして飛んでゆく雁に自分たちの運命を重ね合わせて見ていたのだろう。

携行食に受けしざらめの乏しきを掌の窪にのせ愛しむわれは

貨車とまるたびにこぼるる爐の汁をののしれどまた深き沈黙

バラライカかき鳴らす朝の音樂が貨車とまるときききこゆチタ驛

「入国旅情」より。中国からソビエトへと身柄は荷物のようにシベリア鉄道の貨車で移された。最終的に送られることになるタイシェットと教化収容所との間は約二千キロ離れている。タイシェットはイルクーツク州にある町。町の名の由来がケット語で「冷たい川」の通り、最低気温はマイナス四〇度を下回り五〇度近くに達する。

一首目、携行食として配られた貴重なざらめを愛おしむ作者。食事はとにかく死なないように最低限の量しか与えられていなかった。二首目の「深き沈黙」に、自分たちがどこに連れていかれるかわからない底知れぬ不安が伝わってくる。三首目、「バラライカ」はロシアの代表的な弦楽器。異国の楽器が奏でる音楽がきこえてきて、いっそうその不安が増幅されただろう。

収容所生活はどんなものだったのか。「収容所雑詠」の作品から辿っていきたい。

凍りたるパン切りなづむ手許にて咽喉《のみど》の唾を
噍みおろす音
松の皮燒きて甘きを嚙みゐたり遠く鯣《するめ》をわれ
は戀ひつつ
石塊《いしくれ》に似て凍りたる馬鈴薯もいやしくなりて
我等はひろふ

まずは食生活。一首目、凍った黒パンを切りなずんでいる自分の手許を見つめて仲間が唾を噍みこむ音が鳴る。緊迫した場面が聴覚で捉えられている。二首目、日本でよく嚙んでいた鯣《するめ》を恋いながら松の皮を嚙んでいる。何ともやりきれない甘さだ。三首目、自らを「いやしくなりて」ととらえる。自己のありようを冷静に見つめている歌だ。「いやしく」ならなければ「我等」は生きていけなかったのである。「凍りたるパン」、「凍りたる馬鈴薯」、歌われた食糧はほとんどが「凍りたる」ものである。

われらより先に入りにし俘虜ならむ線路に添
ひて凍る糞便
糞便が凍り凍りて丈ほどに及べば下りてバー
ルに崩す

糞便の氷塊を手に搬びゆく氷の坂は清く清く照る
鷄に劣る餌食よ原穀の粟がつづけばまた糞づまりくる
術もなく漏るる尿の温く沁むうつし身よ如何になりゆく

食べれば、当然出る。生理現象だ。人間存在の根源的行為といえる排泄が集中繰り返し歌われていることに注目する。一首目はタイシェットに移される途中に見た風景。俘虜を運ぶ貨車は時々止まり、命令で降ろされ、用便することが許されたようだ。自分たちの前にいた俘虜たちのことを糞便の量で推し量る。二首目以降は収容所の様子。糞便が凍り、身長ほど堆く積もる世界。糞便の氷塊を手にしてみた風景は残酷なまでに清らかで美しい。「鷄にも劣る」劣悪な食生活が糞便にも表れる。五首目、あまりの寒さに尿意がコントロールできなくなっているのだろう。

十字鍬刺さらずなりて頰に飛ぶ凍土《とうど》つぶての如くに痛し
膝頭いたく尖《とが》りて死にし兵かたへに置きて雪に穴掘る
剝ぎとりて死體をうづむ命令を身は顫ひつつ怒りてゐたり
食へるだけ食ひて死にたきこひねがひうつし身瘦せて納められたり
凍死者のつひに出でしといふ聲が闇にこだまし受けつがれゆく
傾きて立つ木の墓に沒り日さし土に還れるものしづかなり
面變り死にし兵らの顯ちてきて枕木ふみてゆくわれを迫《せ》む

強制労働の歌だ。一首目、十字鍬（つるはし）が刺さらない凍土。頰に飛んできた土に精神も抉られる。二首目、食糧も満足にとることができず、「膝頭いたく尖りて」死んでいった仲間の兵。本来ならばすぐさま荼毘に付し手厚く葬らなければならないが、抑留者にそんな権利はない。遺体を脇目にただひたすら命令に従うのみである。結句「穴掘る」という直截な語が何とも非情である。三首目は、仲間を葬る歌。抑留者にとって一番つらい作業は、同胞を異国の地に葬り去ることだったろう。これも「命令」である。身がふるえるほどの怒りであるが、その怒りは行動に表すことは絶対に許されなかったのだ。

考へること面倒になりゆきてわれにも兆す俘虜型があり

人は長い間抑圧された状態に置かれると、感情が麻痺してくる。希望を失い、残酷な場面に接しても、無関心、無感覚になってくるといわれる。大内も「考へること面倒になりゆきて」と歌い、思考停止を「俘虜型」と定義する。ただ「兆す」と歌っているので、ぎりぎりのところで冷静に自分を客観的に見つめている部分もあり、強い精神を持ち合わせていたと言える。

紙さへも持たされぬ身は板けずり物かきしるす常のごとくに

詠みためし歌棄てがたく検査日は口にふくみて順待つわれは

検査ごとに難をのがれきし石鹼の中にみじかき鉛筆があり

「後記」に次のような述懐がある。「鬱屈した日々をまぎらわすのに、短歌が心の支えとなった。来る日も来る日も、板切れにあてどのない嘆きを歌につらねては、硝子の破片を、消しゴムがわりに、消して書いては慰んだ。」過酷な抑留の日々を支えたのは短歌だったのだ。

海へだてながく見ざりし父を戀ふ俘虜のわが身の何も無くなりて

「収容所雑詠　十四　ナホトカ港」より。飢餓、重労働、酷寒。人間から思考を奪い続けた日々。肉体的にも精神的にも人間を人間たらしめない日々に、終わりが告げられる。
昭和二十三年六月、ナホトカ港より舞鶴へ帰還。シベリア抑留の日々は、大内からすべてのものを奪いとった。「わが身の何も無くなりて」はけして大げさな表現でも何でもなく、真実の思いであろう。これは何も大内個人の嘆きではない。少なくともシベリアで抑留を体験したすべての人に共通して思いではなかったか。

＊

昭和六十一年、大内は第二歌集『海門の雲』を出す。昭和四十二年から五十八年までの作品一〇四四首を収めている。全体的に日常詠や旅行詠が多いのだが、時折、抑留体験に関わる歌が出てくる。

さまざまに戦友はふりラーゲルに生きのこり来し身をかなしまむ
恥多くかさねきたりし俘虜の身の痣くきやかに八月きたる
白樺の林の奥の四百余体われら素掘りせし墓とは違ふ
三十年過ぎてしまへり怨念の失せて悲しみのあはれ深まる
坐睡せる夢にいできて悲しかり戦友《とも》もくもくと枕木を踏む
凍りたる黒パン食みて折れし歯を雪の上に吐き曳かれゆきしか
上歯下歯四本のこりしわれの貌うつる鏡にしばらく対ふ

ラーゲル（収容所）に生き残って来たわが身をかなしむと同時に、その抑留の日々を「恥」ととらえる複雑な胸中。生きるためには人間的な行為を行う余裕はなかった。「痣」は肉体的なものというよりも精神的なものだろう。三首目は「残像　アンガラ会の墓参団が、三十年後の異国の丘に詣づるグラビアを見て」と題する連作中の一首。自分が埋めた仲間の墓を思う。夢に出てくる戦友。シベリア鉄道の枕木の一本一本が、日本人の抑留者の死体であるとのいわれ方もする。大内は、シベリアの地に吐いた自らの折れた歯を思い、残った歯を通じて抑留の陰惨な日々を思い返す。

気狂ひの歌など晒しどうなると詰め寄る妻に心は遠し
生き恥を歌にさらすと罵るを一喝しふたたび小部屋に籠る

屈辱に満ちた抑留の日々を理解してくれる人がいればよかったが、家族でさえも理解は困難だった。抑留された人間の気持ちは、当事者にしかわかりえない現実があった。「気狂ひの歌」とは実に痛烈な言葉だ。妻に「生き恥を歌に晒す」と罵られ、長年一緒に暮らしている妻にさえも理解してもらえない鬱然とした思いが結句の「心は遠し」に滲んでいる。自分の世界に閉じこもり、再び沈黙したのだ。

口惜しさは耐ふるより無き俘虜の日に続きて永きわが精神史

冒頭に引いたこの歌に刻み込まれた大内の「口惜しさ」は、戦後七十年経った今でも我々が決して忘れてはならないものだ。

（「心の花」二〇一五年八月号）

解説

重く、堅実な

——『磐梯』評

小池　光

作者は福島の会津若松で高校の教師をしている。生まれ育ちも福島県らしい。福島がふるさとであり、また現在（きっと将来も）生活の場が福島の人である。

東日本大震災は宮城県、岩手県で最大の被害を出したが、なによりフクシマの名によって語られることが多くなった。いうまでもなく原発事故がそこで発生し、多くの人々が汚染地を脱出することを余儀なくされ、散り散りになったからである。この歌集はその大震災のただ中から歌い出され、重厚な臨場感に富み、印象鮮明、得難い一冊となっている。

うち続く余震の最中死に近き伯父のベッドを押さへつつゐき

二〇一一年の三月十一日の出来事に作者はこういう場所で遭遇した。稀なる体験である。付けられた小文によれば、緊急入院した伯父のもとに一族が駆けつけた。ベッドを囲んで一族九人がいるとき大地震が発生した。みなはなにより全員でそのベッドを押さえ付け、大地震を耐えた。短歌には記録性の詩歌という側面があって、新聞、雑誌、テレビ、ラジオなどのメディアにも報道されない小さな現実のディテールを記録し、伝えることで、その重要な役目を果たすが、まさにその典型例である。

南《みんなみ》へ逃げてゆく人　東北に生まれ育ちて死んでゆくわれ

大震災は多くの人々の「移動」をもたらしたが、作者はその場を動かない。動きようがない。そこが「ふるさと」であったから。このふるさと意識は重く、幾重にも屈折しており、人の行動様式を規定する。

少なからざる人々が東北を脱出して、南の地であたらしい生活を開墾したが、ふるさとと意識が濃厚に身についてしまった人にはそれができないのである。

　訛れるをわらふ東京《とうけい》　近代はわがみちのくのことば殺しつ

そのふるさとと意識と言葉は切っても切れない。日本の近代は「賊軍」の地東北を嘲笑することでみずからの正統性を保証しようとした。この歌集には多くのルビが「東北弁」で付されているが、そこには作者の底ごもった憤怒が投影されていよう。

　靴脱ぎて上がる日本間　喜劇王はてりぶる、てりぶると言ひにけらずや

喜劇王チャップリンが来日したのは昭和七年、五・一五事件のまさにその前日であった。離日の際、チャップリンは事件の現場を見たいと申し出た。首相公邸の現場の畳部屋に案内され、まだ血潮の残る室内を見てテリブル、テリブルと呟いた。このエピソードを知っていて歌にしている。日本近代史への作者のその場凌ぎでない感心ぶりが伺われる。

　官軍に原子力発電所にふるさとを追はれ続けるふくしま人は

その関心のなかのひとつにこういう歌がある。日本の近代は、西から東へとコースを取った。さらには北に向かって攻めのぼった。明治維新とこのたびの原発事故を重ねる視点はユニークでかつ鋭い。

　つんつんとつくしのごとく立つてゆく新入生は名を呼ばるれば

一方こんな歌もある。これはいかにも学校教師の歌で入学式の一場面が彷彿とする。呼名された一人一人が「はい」と返事して、まさに「つくしのごと

く」起立するのである。かつて同じことをした一人として微笑をなつかしさを禁じえなかった。

母を「妣」と書き、妻を「嬬」と書く。作者は言葉自身によく拘る人でもある。そこには作者の言葉への固有の主張と美意識があるのであろう。その拘りぶりに少し風通しのわるいところもややもすると感じたが、些事である。韻律が重く、しずしずと重戦車が迫り来るような歌い口がよい。

（平成二十八年版「角川短歌年鑑」）

祈りの瞬きの雪片
――『磐梯』評

和合亮一

本田一弘は高校の同級生である。男子校特有のふざけた話をしてばかりで、文学の話を一切交わさなかった。さらに十数年を経て、ある文学賞の表彰式で再び顔を合わせることになる。互いに社会人。職業も同じ公立高校の国語教師。歌人と詩人と先生。学生時代の姿を良く知っているので、会えば親しさといささかの気恥ずかしさとでくすりと笑い合ってしまう。

冒頭から大河のエネルギーに満ちている。「みちのくの体ぶつとく貫いてあをき脈打つ阿武隈川は」。我らの母なる川が見事に描かれている。「あぶくまの川の鼓動を聴きてをりずんずん胸を流れゆく水」。それを眺める緑豊かな河畔こそは、芽吹く青春の原風景そのものである。そして成人して後、彼はずっと会津に暮らし続けている。「蕎麦のはな咲き満てりけり夕雨に磐梯山が白く霞めり」。日頃に肌で感じている山野の優美さが数多く詠われている。

頁をめくると時に家族をめぐる思いが伝わる。特に亡くなったばかりの母……。その四十九日にあたる三月十一日に、災いが起こる。「震災以前震災以後とみちのくの時間まつぷたつに裂かれき」。この一首に象徴されるかのように、日常の暮らしを二つにはっきりと割り折るようにして、様々に「以前」の数々を奪っていった。その日からの感情の記録が、突然の亀裂を宿して後に現在に至るまで収められている。「うつくしき岸を持たりしみちのくのからだ津波にぶんなぐらるる」。「おめえらは何で生ぎでる嗄れたからすのこゑよ曇天に満つ」。「午後五時の放射線量告げてゐる『はまなかあいづ』のアナウンサーは」。鮮やかに喚起する鋭い発語の息がある。「官軍に原子力発電所にふるさとを追はれ続けるふくしま人は」。余震と放射能の不安に怯えながら、その傍らで私がしきりに感じたのも、このような福島の歴史の悲劇の因縁。怒りと無念の歌の雨は止まない。

「うち続く余震の最中死に近き伯父のベッドを押さへつつゐき」。母の法要の後に、十年ほど寝たきりのままの伯父を見舞いに行く。三階の病室。本田は経験したことのない大きな震度6の揺れの中でベッドの柵を握りしめる。その二時間後、八十年間の生涯を閉じて彼は急に逝ってしまう。この時の手の必死の握力が、そのまま歌の一つ一つから伝わる。「みちのくの死者死ぬなかれひとりづつわれがあなたの死をうたふまで」。「なきひとをおもふあはゆきなきひとをおもふこころのうちにのみふる」。月日を丹念に書くことで光り出す祈りの瞬きの雪片を、同じ窓に見つめたい。雲の晴れ間を詩歌に託すことを友と約すために。

（「現代短歌」二〇一五年三月号）

死者という生者

――『磐梯』評

大辻隆弘

死者という生者。この一冊を読み終えたとき、私の胸のなかにふと浮かんだ言葉は、そんな矛盾に満ちた言葉だった。

この歌集には、一巻を通じて、死者の匂いが背後に立ちこめている。例えば、それは、次の一首などに顕著だ。

あふむけに蟬のなきがら乾きたりなにゆゑ人のからだ乾かず

蟬の亡骸は、さらさらと風に乾きながら、清潔に朽ちてゆく。が、人の身体は、たとえ命絶えても乾かない。生きたときの湿潤をいつまでも湛える。この一首の背後には、人間の死の実相を見つめた痛切な認識の裏づけがある。この認識に到るまで、作者はどれだけの死に出会ったことか。震災後の福島で生きる作者が見て来たものや、体験してきたものの重さに、私は粛然とした気持ちにならざるを得なかった。

が、この歌集には、このように直截な形で死者の身体を歌った歌は少ない。むしろ、数多く登場するのは、次のような死者の「声」を歌った歌である。

ふくしまのゆふべの空がかき抱《むだ》くかなかなのこゑ死者たちのこゑ

二十九度目の月命日のまひるまをまだ見つからぬ子の白き声

撥音便の表記せぬ「ん」ぞ雪空に貼りつく死者のこゑの如かる

蟬声とともに聞こえる死者たちの声。震災後二年以上を経てもまだ見つからない子の白い声。その声は、教壇に立って古典の「撥音便無表記」という文法事項を生徒に教えているときでさえ、彼の耳のなかに響いてくるのである。

　声という現象は、人間のなまなまとした身体を想起させる現象だ。声のみならずこの歌集のなかの死者たちは、なまなましい身体を備えている。すでに鬼籍に入ってはいる。けれど彼らは、今目の前で、現に、息づいている。そんな不思議な実在感が、たびたび顔を覗かせるのである。

　この花は誰《たれ》のあなうら亡き子らの白く小さなあならひらく
　今ふれる雪にも耳はありぬべしあなやはらかき耳たぼのふる

　風に散る桜の花の白さに、亡き子たちの足の裏のやわらかさを見る。降りはじめた雪のひとひらのなかに、耳たぶ（おそらく死者の）を感じ取る。これらの歌には、死者を死者として受け入れながら、彼らを実在感のなかで想起しようとする姿勢が感じられる。

　そのような姿勢は、次の歌にも如実に現れているだろう。


　見つからぬまま老いてゆくみちのくのひとりひとりの死者の息《い》の内《うち》

　本田はここで「行方不明者」を敢えて冷徹に「死者」と呼ぶ。死という場所に身を置きながら、彼らは老いつつある。死者でありながら、同じ時間を今確かに生きている。死者を死者として冷徹に認識しながら、彼らと同じ時間を歩もうとする意志。この歌には、作者のそんな意志が滲み出ている。

　すでに第二歌集『眉月集』で、重厚な文体と肉厚な思索性を獲得していた本田の歌は、震災という実存的な事実に遭遇することによって、祈りの強靭さを帯びるようになった。

　そんな感を深くした第三歌集である。


（「短歌往来」二〇一五年四月号）

銀の栞、朱の栞

――『磐梯』評

駒田晶子

福島県会津若松市在住の著者の第三歌集。第二歌集『眉月集』に引き続き、出版は青磁社。黒っぽい地に月の姿が浮かび上がる装丁は、第二歌集と連動している。

雪解けの阿武隈川のみなぎれば春鳥たちのうたごゑきこゆ

蕎麦のはな咲き満てりけり夕雨に磐梯山が白く霞めり

県鳥のきびたきのこゑはつなつのみどりのいろを羽織りて来たり

さをとめのこゑ濡れてゐる福島の田にふる雨は甘き香ぞする

歌集に収められている平成二十二年から二十六年までの作品三百十一首に、東日本大震災が深く根ざしている。前二首は震災前。どちらも、著者が愛してやまない福島の自然の姿は身じろぎせず、圧倒的な存在感を持つ。その間に挟まれる震災後の状況が、より一層、読者に迫ってくる。

ふるさとの家《うち》さかへれぬかなしみはをみなのちさき臚《ひかがみ》にある

さみだれの降るふるさとに帰れない水溜まりをり傘の袋に

いづになつたら帰つて来《く》んだ　ぶらんこのなくこゑがする秋の月の夜

大熊の梨うまかりき過去の助動詞「き」にて言はねばならぬなにゆゑ

震災直後の福島原発事故の影響により、著者の歌に怒りや戸惑い、かなしみが加わる。東北の方言、体言止めや倒置法に詠嘆が込められる。

学校が避難所となる体育館に敷き詰めらるる
段ボール、段ボール、段ボール

つんつんとつくしのごとく立つてゆく新入生
は名を呼ばるれば

佳苗とふ子を思ひ出す一面に磐梯のそら映す
田の面よ

春雨のからだに抱かれ夜の底に嬬といふ字を
書けばにほへり

高校教師としての職場詠、十八年連れ添っている妻の歌、いずれも新鮮さを失っていない。国語教師として生徒たちに古典を丁寧に差し出す姿がある。そして、妻の歌。長年の夫婦詠にありがちな倦怠感や、パートナー以外へのほのかな恋心など、皆無である。

南《みんなみ》へ逃げてゆく人　東北に生まれ育ちて死ん
でゆくわれ

ふくしまのゆふべのそらがかき抱《むだ》くかなかな
のこゑ死者たちのこゑ

蟬声は責め声ここから逃げし人ここから逃げ
ぬ人を責め居り

福島の原発事故は、土地を、人を、分断した。逃げた逃げない帰れない帰ってこない、は福島での共通語である。等しく心の揺れがある。逃げなかった（逃げられなかった）一人の覚悟の歌の連なりを読み、歌わずにはいられなかった切実さ、歌いつづける大切さを思う。

歌集に「心の花」長信短信に寄せた震災直後の著者の文章が収められている。伯父の死の場面に立ち合いながらの大きな揺れ。その後の混乱が箇条書きで記されている。あの日からまだ三年半。モノクロームの歌集に銀と朱の栞を収めながら思う。

（「心の花」二〇一五年二月号）

あらがねのパルチザン
——『あらがね』評

森山良太

福島県人本田一弘の歌集を読むと、鹿児島県人の私は複雑な気持ちになる。

　官軍の黒熊《こぐま》、白熊《はぐま》、赤熊《しやぐま》を忘れず日橋川のみなもは

　橋脚が夏のひかりに濡れてゐる歴史はつねに勝者のものか

戊辰戦争に関わる二首。日橋川はその戦場の一つで、二首目に詠まれた十六橋の確保による渡河成功で、会津軍は窮地に陥った。「忘れず」と言われると、百五十年も昔のこととはいえ、官軍の「黒熊《こぐま》」の末裔としては居心地が悪い。それは、直接行為ではないにせよ、他者の故郷なりを蹂躙したゆえの感情であり、あるいは韓国人が日本に突きつける「怨《ハン》」に対するうしろめたさと同質かもしれない。二首目は、自分は敗者の一人であるという、本田自身の宣言と取った。そして、敗軍の一人として、〈官軍につち奪はるるのみならず言葉殺されてたまるものか〉と、現在進行形で抗い続ける手段が彼の短歌だと理解した。歴史は過去の遺物ではなく、日々作られ続けていくものだからである。

　では、なぜ現在進行形なのか。それは、本田の故郷福島が今また蹂躙されているからだ。福島第一原発事故により発生した放射性物質による汚染である。

　土にかへることなき土が保管場《ほくわんば》へ搬ばれゆくをわれら見るのみ

命を終えたら土に帰るのが自然の摂理だが、汚染土はそれさえも許されない。〈あくまでも中間とよぶ保管場へ土の身《むくろ》が搬ばれてゆく〉と詠むように、本来のそこに棲むあらゆる生命、生活・文化を生み出

し育む力を、奪われ殺されてしまった土である。そして、その土ゆえに〈ふくしまの米は買ふなといふこゑをふふむ土満つフレコンバッグ〉などの風評被害も起こるのだ。

今、土の力について書いたが、本田も同様の考えであることは次のような歌からも想像できる。

会津嶺の国の稲穂のわうごんの波いとどしく
立ちにけるかも

米どころ会津盆地。ゆったりとしたしらべで、黄金の実りの豊かさを歌い上げる。また、母や祖母はじめ多くの死者と繋がろうとし、逆に生徒たちの成長を、〈たちあふひ空に伸びゆく少年のまなこまつすぐ我にまむかふ〉などと詠むのも、単に彼が高校教師だからと言う理由だけではない。雪もそうだ。〈春はこの積もれる雪の下にあらむ土のしづかな息づきおもふ〉と詠むが、雪の下で春を育む土のように、積もる雪に傷ついた福島の土の浄化を祈るに違いない。

福島に生《む》まれしわれはあらがねの土の産んだ
る言葉を勧《うな》ふ

「あらがねの」は「土」の枕詞。「生《む》」とルビを付すのは福島弁ゆえか。方言の意識的使用は、それも風土の産物という認識からだろう。だから本田は、あらがねのパルチザンとして、〈福島の土うたふべし生きてわれは死んでもわれは土をとぶらふ〉と、これからも土への挽歌、復活再生への祈りを歌い続けるだろう。

（「梧葉」Vol.58、二〇一八年七月）

『あらがね』評

吉川宏志

はつ夏のひかりも鋤かれゆつくりとふくらみ
てゆく真土のからだ

この歌には「草も木も持たる性のまゝにしてよく育つるを真土とハいふ『会津歌農書』」という詞書が付く。故郷の会津に昔から伝わる言葉への愛がこめられた一首だ。草も木も人間も育てる「真土」への信頼感があふれる。伸び伸びとしたリズムで、土の生命力を身体的にとらえている歌なのである。「あらがねの」も「土」にかかる枕詞で、歌集全体が土への讃歌といえよう。

しかし原発事故によって、故郷の土は汚染されてしまう。

あくまでも中間とよぶ保管場へ土の身《むくろ》が搬ば
れてゆく

「土の身《むくろ》」という表現に、どうしようもない痛みがある。また、「あくまでも中間とよぶ」には、信用することのできない言葉を発する者への、冷ややかな視線があらわれている。

何をもて関連といふ五年といふ時間が経てば
わがんなぐなる

震災関連死を詠んだ歌。どんな関連があるのか見えないまま、死者の数だけが増えていく。「わがんなぐなる」に迫力がある。訛りという、身体に根ざした言葉しか信じられない。「サングワヅジフイヂニチ」（三月十一日）という地元の発音を本田は大切にするが、言葉が土地から離れて浮遊することに、強い危機感を抱いているのだ。

磐梯の秀にゐる雲と安達太良の秀にゐる雲と
　呼びあふそらよ

震災の痛苦を超越するように、郷土の美しさを大らかに詠んだ歌が、歌集の根幹にあることは間違いない。しかしそこに、異なる視点からの歌が混じることで、深い奥行きが生み出される。

中間貯蔵施設たつゆゑ大熊の梨の木あまた伐
　られたりけり

たとえばこのように、被災地の現状を具体的に描いた歌がある。その一方、

証言は詩になりうるか雪空に貼り付く月の眼
　差しが問ふ

という歌に注目した。自分が見た事実を歌うだけでいいのか、という疑いも含めて、誠実に表現してゆく。

ふくしまに初冬の来て軒下は幾千本の大根を
　抱く
くるまみな路肩に寄りて真んなかを救急車ゆ
　く雪のゆふぐれ

このような、少し肩の力の抜けた感じで、北国の風土を歌っている作にも心を惹かれた。寒気の中でしか感じられないような、優しい暖かみがある。

（「短歌」二〇一八年一一月号）

風土と人そして言葉
——『あらがね』評

高木佳子

「心の花」に所属する著者の『磐梯』に続く第四歌集。短歌四二一首と長歌一首を収める。歌集題の「あらがね」について「あらがねの土は、われらの体を産み、われらの言葉を産み、そしてわれらの心を産みたまふ。」（「あとがき」）と記す。

　会津嶺の国の稲穂のわうごんの波いとどしく
　立ちにけるかも
　磐梯と酌み交はさんか水うまき会津の国は酒《さげ》
　の国なり
　ほうたるの息ふふみつつ福島の雪あたたかく
　ふりたまふなり

くりかえし詠われるのは福島・会津の風土である。そびえたつ磐梯山、豊かな稲を抱える田、吹き渡る風、すべてをうずめる雪。壮大な自然詠は、第一歌集からのこの著者の大きな魅力でもある。そんな風土に人は生き、暮らし、言葉を紡ぐ。風土が人を育み、生かす。人が風土を生かし、育む。ゆたかな互換のなかに人たちはいたはずである。

　吾妻嶺はわれわれの嬬　雪解けの青きはだへ
　を見するおまへは
　磐梯は田の神である　人間の三千年の田植ゑ
　を見つむ
　ふくしまを我は食ふなりいか人参こづゆ凍み
　餅三五八漬けよ
　うつしみの我に食はれてみちのくの桃のいの
　ちは仏とならむ

原発事故禍に襲われた福島の風土を、本田はくりかえし置換し、定義し、あるいは食す。「桃」「いか人参」「こづゆ」は、いずれも福島の産物だったり郷土食とよばれるもので、食べれば故郷を必ず想う郷愁の色濃い食物である。本田はこうした郷土食を体内にいれることで、ともすれば放射能汚染によって忌避される福島の嘆きやかなしみをその身に引き受けようとする。体現をすること、あるいは宿すことはアニミズムを思わせ、原始にあった巫祝のようでもある。

俺だぢは雪《ゆぎ》の身ぬぢを生ぎでゐる雪がふんねどすげねもんだな
せば、せばが飛び交ひ我等やはらかく秋田の酒と言葉に酔へり
くろぐろと墨を塗りつつ秋《あぎ》の風ァ聴いだったぁ啄木の耳

風土から立ち上がることばへの思考。福島以外の土地のことばにも視点が注がれる。その土地の日常会話体の音を再現する試みは、本田の取り組む文語文体とは矛盾するはずだが、風土が育むものの表象を表現に留めようとする必然性が強く感じられる。

震災ののちに生まれしみどりごがもうすぐランドセルを背負《しょ》ふ春

編年体での構成は、前集までの対東京としての東北、あるいは地方というテーマ性よりも、時系列にそって風土とことばを確かめることに比重が置かれたものになった。巻尾に置かれたこの歌は、震災以降の風土の「時間」が培った人間のひとつの姿であり、希望的で甘やかな未来を予感させている。

（「短歌往来」二〇一八年九月号）

土を「耡ふ」ように
――『あらがね』評

齋藤芳生

本田一弘の歌からは、いつも福島の、会津の、「真土」のにおいがする。その土は「雨」や「雪」の湿りをたっぷりと含んでいて、豊かだ。第四歌集となるこの『あらがね』においても、そのにおいは濃厚である。

雨吸へばにほふ土かも掘り起こす土の香ひのをとめもあらめ
春はこの積もれる雪の下にあらむ土のしづかな息づきおもふ
はつ夏のひかりも鋤かれゆつくりとふくらみてゆく真土のからだ

「土」は人の手によって「鋤かれ」、いよいよやわらかに息づいて言葉を生み、いのちを育む。集中には「嫣」をはじめとする作者の家族や、高校教師である作者が見つめる生徒たちや小さな生きもの、福島の風土を象徴する存在である磐梯山が繰り返し歌われる。さらに、人の生について、「方言」をはじめとする言葉の来し方行く末について、短歌について様々な思索をより深める作者の姿が見える。それはまさに、人間が土を「耡《うな》ふ」という営みそのものだ。そして東日本大震災と、それに伴う原発事故から七年半が経とうとしている福島の「土」の現状にも正面から向き合い、広く、深く踏み込んでゆく。

ふくしまの米は買ふなといふこゑをふふむ土満つフレコンバッグ
蔑され遠ざける、さへぎる、そして管理する。蔑されてゐる福島のつち
福島のつち疎まるるあらがねのつちの産みたる言の葉もまた

厳しい現実は、今なお続いている。福島の「土」を見つめ続ける作者の悔しさや悲しみは深く、重い。しかし、これからもこの「土」を歌い続けることを、作者はもう決めているのだろう。その強い意志を支えるものもまた、福島の「土」である。

福島に生《む》まれしわれはあらがねの土の産んだる言葉を勧《うな》ふ

（「現代短歌新聞」二〇一八年九月号）

作品季評

――『あらがね』評

小池　光・奥田亡羊・山崎聡子

梅の実のふつくらみのる雨の日を『羅生門』読む少年少女

いなづまの打つ空のしたうつしみの嬬のからだを枕きて死なまし

歳晩の夜を嬬とゐて目にみえぬ雪のことばをふたり聴きをり

磐梯《ばんだい》山を宝の山と呼ぶならば磐梯山に降る雪も宝ぞ

白河以北一山百文　東北を蔑みて来し犬の舌みゆ

訛とは正しからざる音なりと方言札を下げさせられつ

ウェールズ語喋る罰とぞ子の首に掛けられてゐし Welsh Not

さんぐわつじふいちにあらなくみちのくはサングワヅジフイヂニヂの儘なり

原発を《ゲンパツヲ》建てた《タデダ》けれども《ゲンチョモ》我々は《オレダヂワ》こんな《コッダナ》事態に《ゴドニ》な《ナ》る《ッ》と《ト》思はず《オモワネ》

福島をつらぬく東北本線の汽車に石炭くべしおほちち

二学期は中島敦『山月記』から始めるぞ　教科書を出せ

わがこゑの後にまつすぐついてくる十七歳の虎のこゑごゑ

みなまたとふくしまの間《あひ》　亡きひとの訛れるこゑを運ぶかりがね

奥田　本田一弘さんの第四歌集で、東日本大震災、原発事故以後のふるさと、産土としての福島を歌った歌集です。かなり射程が長い。日本の近代から始まって原発事故と放射能汚染の現代、そして未来までを見据えていて読みごたえがあります。これから東日本大震災や原発事故を振り返るときに必ず触れられる指標となるような歌集かと思いました。その記録性だけじゃなくて、たとえば主体の「われ」の描き方も面白い。「われ」が「われわれ」になって、それが自然と同化していったり、自分がなくなって、向こう側に、死者も含めた風土の中、自然の中に入り込んでゆくような歌い方です。そこから現代社会や現代人を呪詛してくる声まで響かせてくる。なかなか恐い歌集だと思いました。

山崎　おっしゃるとおり、土地に根差した、太い幹が一本通っている歌集で、圧倒されました。福島にお住まいで、原発事故の後、そこは回復されていない、中央に見捨てられつつあるような土地だということを歌っているんですけど、それと同時に福島以外の虐げられてきた人たちの歴史にもコミットしています。沖縄、水俣、さらにはイギリス・ウェールズ地方の差別を詠んだ歌もあり（「ウェールズ語喋る罰とぞ子の首に掛けられてゐしWelsh Not」）、ひろく弱き者、虐げられている人たちへの視点がある。そこがこの歌集に一本の筋を与えているように思いました。

個人的には、骨太の歌が並んでいる中で妻を詠んだ歌が、萌えというか(笑)、すてきだなと。「いなづまの打つ空のしたうつしみの嫣のからだを枕きて死なまし」とか、「歳晩の夜を嫣とゐて目にみえぬ雪のことばをふたり聴きをり」とか。濃やかな、土着的なものとつながった妻への相聞歌です。

小池　本田一弘さんは福島生まれで、大学卒業後、地元へ戻って会津若松の高校の教員をやっている方です。震災の問題を正面から受けとめて、さらに明治以降の近代の東北がいかに中央から蔑まれて扱われてきたかという怨念のようなものから、原発の被災者に対する眼差しに同質のものを感じている。明治以降の日本史と今度の出来事をオーバーラップさせるような視点が非常にはっきりしている歌集で、単なる震災詠の歌集とも違うんですよね。もっと根源的なものに迫ろうとしている歌集で、非常にまっすぐな印象を受けました。一方的な被害者でもないんだよね。私も同じ東北人だからよくわかるところもあります。たとえば、「白河以北一山百文　東北を蔑みて来し犬の舌みゆ」の「白河以北一山百文」というの、知ってますか？　これは東北人ならみんな知っている言葉で、白河というのは……。

奥田　白河の関ですね。

小池　福島の入り口ね。東北の入り口に白河の関があって、いまは白河という町です。白河から北は山が一つで百文だと言ったんです、昔は。

奥田　安い！

小池　うん、ものすごく安い、山一つで百文ぐらいしか価値がないという、東北を差別するときの決まり文句なのです。我々は子供のときからこの言葉を知っていて、習ってきました。「白河以北」から二文字を取って河北新報という仙台の新聞社の名前になった。あえて「河北」と名乗ったわけです。

奥田　そうだったんですか、知らなかった。

小池　福島、宮城県の人はみんな知ってる話です。それを今度の原発の問題と重ね合わせているんだね。「東北を蔑みて来し犬の舌みゆ」というのは、「犬の舌みゆ」が本田さんの発見。長州・薩摩の犬の舌に先祖がやられたという。彼は会津若松の出身だから、先祖は実際に、武力闘争をやったわけです。歴史の中でいま再び同じことが繰り返されているんだというのがこの歌です。

あと、「訛とは正しからざる音なりと方言札を下げさせられつ」。方言札とは、何かで聞いたことがあるでしょうか。明治時代は東北弁は絶対的に直さなくてはいけない、標準語をしゃべらなきゃだめだと、方言の訛が残るやつは札を首から下げられたというんです。そういう方言札を下げさせられた生徒が教室の中に点々といたという話を聞いたことがありますが、その歌なんだよね。私なんか今でも抜けないわけだよ、訛が。昔だったらその方言札を下げなきゃいけないいんですよ、こういう対談なんかやっても(笑)。そういう歴史が点々とあった。

奥田　だから後記も文語文にしてある。標準語では書かないということですよね、共通語とは何かということ。

小池　これもびっくりしたねえ。ただ、この文語文、後ろのほうでちょっと乱れるんだよ。最後まで通してない。「短歌会の皆様には常に大いなる刺激や温かい励ましを受けてをり」と。これは普通の口語文だよ(笑)。

山崎　これを文語で言うのは難しそうです。

小池　「刺激や」の「や」が口語的だし、「温かい」は「温かき」だろうし。「受けてをり」の「て」も口語っぽいから「受けをりて」だろうとか。添削しておかなきゃ(笑)。「感謝の念に堪へず」だろう。

奥田　細かいですね(笑)。以前、細川の殿様が津軽藩に入ったときに、言葉が通じないので謡で会話をしたという話を聞いたことがあるんです。本田さんは、定型とか古語を共通語として受け取っている気がします。それであとがきが文語文になってるんじゃないかな。

山崎　実は、この歌集をいただいたときに、あとがきを先に読んだので、びっくりしました。どんな歌集なんだろうと構えて開いたらちゃんと読めたので、よかったです（笑）。
奥田　訛とか方言の歌が面白いですね。雑誌発表時から話題になった歌ですが、「さんぐわつじふいちにあらなくみちのくはサングワヅジフイヂニヂの儘なり」。小池さん、僕のこの読み方、おかしくないですか。発音が難しい（笑）。
小池　東北弁の音というのは片仮名、平仮名では書けない。「イヂニヂ」の「ヂ」は、我々がしゃべるときはここまで強くない。でもそれを「イヂニヂ」と書くしかないじゃないですか。だからどうしても実際の東北弁からずれていくんです。東北弁を表す文字がないということなんです、「か」と「が」の中間ぐらいだから。すべてが濁音化するかというとそうでもなくて、濁音っぽいんだけれども濁音とまではいかないという感じでしゃべってきました。ここまで来るとちょっとパロディっぽくなって、私はこの歌は買わない。ちょっと違うだろうと。
奥田　表記のしようがないというところですね。
小池　表記のしようがない。五十音ではない音がある。五十音ではないんです。
奥田　他にも「原発を《ゲンパツヲ》建てたけれども《タデダゲンチョモ》我々は《オレダヂワ》こんな《コッダナ》事態に《ゴドニ》なると《ナット》思はず《オモワネ》」という歌があります。全部ルビで東北弁に変えていますね。これも本当の東北弁じゃないんですか。
小池　うん、「原発《ゲンパツ》」とまでは言わないと思うな。ゲンパツとゲンパヅの中間なんです、いわば。この歌も私はあまり賛成しない。「なると《ナット》思はず《オモワネ》」の、「オモワネ」というのはいいけどね。濁音化してくるところが、表記がパロディっぽい感じがして安っぽく見えますね、むしろ。私がこの歌集で好きだったのは、彼が教えている子供たちがすごく立派に見えることです。たとえば、「二学期は中島敦『山月記』から始めるぞ　教科書を出せ」。簡単な言葉の中で非常に教室がぴーんと一気に引き締まって、勉強するぞという感じがしてくるね。「教科書を出せ」と。「わがこゑの後にまつすぐついてくる十七歳の虎のこゑごゑ」、いい歌です。先生が朗読した後を生徒たちが声を上げて復唱してついてくるんだよね。それを「十七歳の虎」だと。
奥田　人じゃなくて虎なんですね。
小池　このイメージの後ろには会津白虎隊の悲劇がどこかに乗っかっている。十七歳の虎で、会津だから。この人は会津若松の先生だからね、そういうイメージがオーバーラップします。『山月記』は皆さんも学校で習ったでしょう。
山崎　習いました。
小池　これは不思議な小説で、七十年前から高校の教科書に載っている唯一の文学作品らしいですよ。今の高校生も『山月記』を習うし、私たちも習った。ほかのテキストは全部変わっちゃったけど、『山月記』だけは変わることなく残っているんだ。
奥田　不思議ですねえ、なぜだろう。余計な夢を見るなとか、そういう教訓的なことかな（笑）。
小池　学校の先生から聞いたから間違いないと思う。こういうまっすぐな、竹を割ったような、清々しい高校生、余計な屈折のないまっすぐに育った竹みたいなのはなかなかない。もっとひねくれてるでしょう、今の若者の歌は。でもこれはすごくまっすぐという感じがします。
山崎　生徒に対する視線の屈折のなさは、郷土に対するまっすぐさに通底するような気がしました。でも、私はたぶん、号令されて、自分が青竹だと言われたらちょっと嫌かなあ……。理想的な生徒像というか、一人一人の差異をみてほしいということを、少しだけ感じてしまいました。
奥田　それは自然を詠むときも同じで、福島の自然をすごく美化して詠んでいるでしょう。
小池　美化というのはちょっとニュアンスが違うけど、なにかまっすぐだよね。
奥田　現実との乖離があるんですよ。これは重要なことじゃないかと思います。「磐梯山《ばんだい》を宝の山と呼ぶならば磐梯山に降る雪も宝ぞ」。言祝ぎの歌のようでもあるけれど、現実にはその雪は放射能で汚染されてしまっているのかもしれない。あるべき産土、まほろばと現実のギャップを言葉でなんとかつなぎとめようとする。そういうところがあるので、自然の歌も美しいし、生徒の歌もまっすぐだし。嬬の歌も、日常の妻ではなくて、イデアとしての嬬をうたった歌なんだよね。

山崎　そういうところに美意識があるんでしょうか。

小池　余計な美意識がない感じだね。屈折してぐじゃらもじゃらになってしまった美意識みたいなものがなくて、すごく大事なものがすとん、すとん、すとんとあるみたいな、そういう歌ですね。だから、生徒たちを見ても青竹のようにまっすぐに立っているし、福島というふるさとを思っても立っているし、自然風土も全部立っている。野球で言えばストレートというか、まっすぐ直球のボールを投げたような歌集だね。普通は変化球でやるじゃないですか、最近は特に。そういう中ではすごく異彩を放った、どこからとってもまっとうな、立派なものだという感じです。立派なというのは変だけど、そういう感じがするな。

奥田　事実の「事」と言葉の「言」が乖離しているわけです。それを両手に持って放さない。現実をリアリズムで描いていくのではなくて、一方では放射能汚染をうたいながら、もう一方ではあるべき本来の産土をうたっている。それを結びつけて両手で持って放さない。言霊の歌なんです。言霊ということを真っ正面からとらえた歌集だと思います。

小池　なにか気持ちいいんだよね、このまっとうさは。竹刀でスパーンと叩いた音の響きの気持ちよさみたいなのにつながっている。一見全然関係ないような歌でも、いい歌がいっぱいあって、たとえば、「梅の実のふつくらみのる雨の日を『羅生門』読む少年少女」というのはいい歌だね。国語の授業をやってるんだろうけど、「梅の実のふつくらみのる雨の日を」というのが非常によくできていて、『羅生門』への転換が鮮やかに決まってますよね。こういう、ああ、いい歌だな、これ、一票入れようみたいな歌が点々とある。さっきの「中島敦」もよかったけれども。

たとえば、「小手毬の切手を貼つて春の夜の月のポストに投函したり」「小手毬の切手」というのがなかなかね、目につくようで目につかないものです。ただ切手を貼って手紙を出したというだけのことなんだけど、こう言われるとすごく歌として立ち上がってくる。そういうのが点々とあって、本田君、歌巧いよね。勉強して非常にいい歌を作るようになった。「福島をつらぬく東北本線の汽車に石炭くべしおほち」。本当に、東北本線は福島県を真っ二つに切り裂いて走ってるんです。福島は大きな県だけども、「福島をつらぬく東北本線」というのはまさにそうなんだね。

奥田　まっしぐらに走っていて。そこに石炭くべて。

小池　石炭くべたという、おほちちの世代の人は。実際におじいさんが国鉄だったとは書いてないんだけど、おほちちの世代の人はという感じね。こんな歌も気持ちがいいけども。歯切れのいい、正面から「めーん」と言って打ち込んだような歌で、屈折の多い歌集が山ほどある中ではすごく異彩を放って、清々しく読めましたね。

奥田　山崎さんから、水俣とかウェールズとか、歴史の負のところにも思いが行っているというお話がありましたが、それをつないでいるのが方言なんですよね。「みなまたとふくしまの間《あひ》　亡きひとの訛れるこゑを運ぶかりがね」とか。共通語、標準語では通じないものとつながっていく、死者も含めてつながっていく。そういうテーマを明確に打ち出していきます。ほかにも「われ」の描き方とか、言霊の問題とか、短歌の本質に触れる重要な問題がいくつもある。短歌の歴史に残る歌集だと思いました。

（了）

平成三十年八月九日　東京にて

（「短歌研究」二〇一八年一一月号）

本田一弘歌集　　現代短歌文庫第154回配本

2021年3月11日　初版発行

著者　本田一弘

発行者　田村雅之

発行所　砂子屋書房

〒101-0047　東京都千代田区内神田3-4-7
電話　03−3256−4708
Fax　03−3256−4707
振替　00130−2−97631
http://www.sunagoya.com

装本・三嶋典東　　落丁本・乱丁本はお取替いたします

現代短歌文庫

（　）は解説文の筆者

①三枝浩樹歌集
『朝の歌』全篇

②佐藤通雅歌集（細井剛）
『薄明の谷』全篇

③高野公彦歌集（河野裕子・坂井修一）
『汽水の光』全篇

④三枝昻之歌集（山中智恵子・小高賢）
『水の覇権』全篇

⑤阿木津英歌集（笠原伸夫・岡井隆）
『紫木蓮まで・風舌』全篇

⑥伊藤一彦歌集（塚本邦雄・岩田正）
『瞑鳥記』全篇

⑦小池光歌集（大辻隆弘・川野里子）
『バルサの翼』『廃駅』全篇

⑧石田比呂志歌集（玉城徹・岡井隆他）
『無用の歌』全篇

⑨永田和宏歌集（高安国世・吉川宏志）
『メビウスの地平』全篇

⑩河野裕子歌集（馬場あき子・坪内稔典他）
『森のやうに獣のやうに』『ひるがほ』全篇

⑪大島史洋歌集（田中佳宏・岡井隆）
『藍を走るべし』全篇

⑫雨宮雅子歌集（春日井建・田村雅之他）
『悲神』全篇

⑬稲葉京子歌集（松永伍一・水原紫苑）
『ガラスの檻』全篇

⑭時田則雄歌集（大金義昭・大塚陽子）
『北方論』全篇

⑮蒔田さくら子歌集（後藤直二・中地俊夫）
『森見ゆる窓』全篇

⑯大塚陽子歌集（伊藤一彦・菱川善夫）
『遠花火』『酔芙蓉』全篇

⑰百々登美子歌集（桶谷秀昭・原田禹雄）
『盲目木馬』全篇

⑱岡井隆歌集（加藤治郎・山田富士郎他）
『鵞卵亭』『人生の視える場所』全篇

⑲玉井清弘歌集（小高賢）
『久露』全篇

⑳小高賢歌集（馬場あき子・日高堯子他）
『耳の伝説』『家長』全篇

㉑佐竹彌生歌集（安永蕗子・馬場あき子他）
『天の螢』全篇

㉒太田一郎歌集（いいだもも・佐伯裕子他）
『墳』『蝕』『獵』全篇

現代短歌文庫

（　）は解説文の筆者

㉓春日真木子歌集（北沢郁子・田井安曇他）
『野菜涅槃図』全篇

㉔道浦母都子歌集（大原富枝・岡井隆）
『無援の抒情』『水憂』『ゆうすげ』全篇

㉕山中智恵子歌集（吉本隆明・塚本邦雄他）
『夢之記』全篇

㉖久々湊盈子歌集（小島ゆかり・樋口覚他）
『黒鍵』全篇

㉗藤原龍一郎歌集（小池光・三枝昻之他）
『夢みる頃を過ぎても』『東京哀傷歌』全篇

㉘花山多佳子歌集（永田和宏・小池光他）
『樹の下の椅子』『楕円の実』全篇

㉙佐伯裕子歌集（阿木津英・三枝昻之他）
『未完の手紙』全篇

㉚島田修三歌集（筒井康隆・塚本邦雄他）
『晴朗悲歌集』全篇

㉛河野愛子歌集（近藤芳美・中川佐和子他）
『黒羅』『夜は流れる』『光ある中に』（抄）他

㉜松坂弘歌集（塚本邦雄・由良琢郎他）
『春の雷鳴』全篇

㉝日高堯子歌集（佐伯裕子・玉井清弘他）
『野の扉』全篇

㉞沖ななも歌集（山下雅人・玉城徹他）
『衣裳哲学』『機知の足首』全篇

㉟続・小池光歌集（河野美砂子・小澤正邦）
『日々の思い出』『草の庭』全篇

㊱続・伊藤一彦歌集（築地正子・渡辺松男）
『青の風土記』『海号の歌』全篇

㊲北沢郁子歌集（森山晴美・富小路禎子）
『その人を知らず』を含む十五歌集抄

㊳栗木京子歌集（馬場あき子・永田和宏他）
『水惑星』『中庭』全篇

㊴外塚喬歌集（吉野昌夫・今井恵子他）
『喬木』全篇

㊵今野寿美歌集（藤井貞和・久々湊盈子他）
『世紀末の桃』全篇

㊶来嶋靖生歌集（篠弘・志垣澄幸他）
『笛』『雷』全篇

㊷三井修歌集（池田はるみ・沢口芙美他）
『砂の詩学』全篇

㊸田井安曇歌集（清水房雄・村永大和他）
『木や旗や魚らの夜に歌った歌』全篇

㊹森山晴美歌集（島田修二・水野昌雄他）
『グレコの唄』全篇

現代短歌文庫

（　）は解説文の筆者

㊺上野久雄歌集（吉川宏志・山田富士郎他）
『夕鮎』抄、『バラ園と鼻』抄他

㊻山本かね子歌集（蒔田さくら子・久々湊盈子他）
『ものどらま』を含む九歌集抄

㊼松平盟子歌集（米川千嘉子・坪内稔典他）
『青夜』『シュガー』全篇

㊽大辻隆弘歌集（小林久美子・中山明他）
『水廊』『抱擁韻』全篇

㊾秋山佐和子歌集（外塚喬・一ノ関忠人他）
『羊皮紙の花』全篇

㊿西勝洋一歌集（藤原龍一郎・大塚陽子他）
『コクトーの声』全篇

(51)青井史歌集（小高賢・玉井清弘他）
『月の食卓』全篇

(52)加藤治郎歌集（永田和宏・米川千嘉子他）
『昏睡のパラダイス』『ハレアカラ』全篇

(53)秋葉四郎歌集（今西幹一・香川哲三）
『極光―オーロラ』全篇

(54)奥村晃作歌集（穂村弘・小池光他）
『鴇色の足』全篇

(55)春日井建歌集（佐佐木幸綱・浅井愼平他）
『友の書』全篇

(56)小中英之歌集（岡井隆・山中智恵子他）
『わがからんどりえ』『翼鏡』全篇

(57)山田富士郎歌集（島田幸典・小池光他）
『アビー・ロードを夢みて』『羚羊譚』全篇

(58)続・永田和宏歌集（岡井隆・河野裕子他）
『華氏』『饗庭』全篇

(59)坂井修一歌集（伊藤一彦・谷岡亜紀他）
『群青層』『スピリチュアル』全篇

(60)尾崎左永子歌集（伊藤一彦・栗木京子他）
『彩紅帖』全篇『さるびあ街』（抄）他

(61)続・尾崎左永子歌集（篠弘・大辻隆弘他）
『春雪ふたたび』『星座空間』全篇

(62)続・花山多佳子歌集（なみの亜子）
『草舟』『空合』全篇

(63)山埜井喜美枝歌集（菱川善夫・花山多佳子他）
『はらりさん』全篇

(64)久我田鶴子歌集（高野公彦・小守有里他）
『転生前夜』全篇

(65)続々・小池光歌集
『時のめぐりに』『滴滴集』全篇

(66)田谷鋭歌集（安立スハル・宮英子他）
『水晶の座』全篇

現代短歌文庫

（　）は解説文の筆者

現代短歌文庫

（　）は解説文の筆者

⑧⑨田村広志歌集（渡辺幸一・前登志夫他）
『島山』全篇

⑨⓪入野早代子歌集（春日井建・栗木京子他）
『花凪』全篇

⑨①米川千嘉子歌集（日高堯子・川野里子他）
『夏空の櫂』『一夏』全篇

⑨②続・米川千嘉子歌集（栗木京子・馬場あき子他）
『たましひに着る服なくて』『一葉の井戸』全篇

⑨③桑原正紀歌集（吉川宏志・木畑紀子他）
『妻へ。千年待たむ』全篇

⑨④稲葉峯子歌集（岡井隆・美濃和哥他）
『杉並まで』全篇

⑨⑤松平修文歌集（小池光・加藤英彦他）
『水村』全篇

⑨⑥米口實歌集（大辻隆弘・中津昌子他）
『ソシュールの春』全篇

⑨⑦落合けい子歌集（栗木京子・香川ヒサ他）
『じゃがいもの歌』全篇

⑨⑧上村典子歌集（武川忠一・小池光他）
『草上のカヌー』全篇

⑨⑨三井ゆき歌集（山田富士郎・遠山景一他）
『能登往還』全篇

⑩⓪佐佐木幸綱歌集（伊藤一彦・谷岡亜紀他）
『アニマ』全篇

⑩①西村美佐子歌集（坂野信彦・黒瀬珂瀾他）
『猫の舌』全篇

⑩②綾部光芳歌集（小池光・大西民子他）
『水晶の馬』『希望園』全篇

⑩③金子貞雄歌集（津川洋三・大河原惇行他）
『邑城の歌が聞こえる』全篇

⑩④続・藤原龍一郎歌集（栗木京子・香川ヒサ他）
『嘆きの花園』『１９××』全篇

⑩⑤遠役らく子歌集（中野菊夫・水野昌雄他）
『白馬』全篇

⑩⑥小黒世茂歌集（山中智恵子・古橋信孝他）
『猿女』全篇

⑩⑦光本恵子歌集（疋田和男・水野昌雄）
『薄氷』全篇

⑩⑧雁部貞夫歌集（堺桜子・本多稜）
『崑崙行』抄

⑩⑨中根誠歌集（来嶋靖生・大島史洋雄他）
『境界』全篇

⑪⓪小島ゆかり歌集（山下雅人・坂井修一他）
『希望』全篇

現代短歌文庫

（　）は解説文の筆者

現代短歌文庫

（　）は解説文の筆者

(133)続々・花山多佳子歌集（小池光・澤村斉美）
『春疾風』『木香薔薇』全篇

(134)続・春日真木子歌集（渡辺松男・三枝昻之他）
『水の夢』全篇

(135)吉川宏志歌集（小池光・永田和宏他）
『夜光』『海雨』全篇

(136)岩田記未子歌集（安田章生・長沢美津他）
『日月の譜』を含む七歌集抄

(137)糸川雅子歌集（武川忠一・内藤明他）
『水螢』全篇

(138)梶原さい子歌集（清水哲男・花山多佳子他）
『リアス／椿』全篇

(139)前田康子歌集（河野裕子・松村由利子他）
『色水』全篇

(140)内藤明歌集（坂井修一・山田富士郎他）
『海界の雲』『斧と勾玉』全篇

(141)続・内藤明歌集（島田修三・三枝浩樹他）
『夾竹桃と葱坊主』『虚空の橋』全篇

(142)小川佳世子歌集（岡井隆・大口玲子他）
『ゆきふる』全篇

(143)髙橋みずほ歌集（針生一郎・東郷雄二他）
『フルヘッヘンド』全篇

(144)恒成美代子歌集（大辻隆弘・久々湊盈子他）
『ひかり凪』全篇

(145)続・道浦母都子歌集（新海あぐり）
『風の婚』全篇

(146)小西久二郎歌集（香川進・玉城徹他）
『湖に墓標を』全篇

(147)林和清歌集（岩尾淳子・大森静佳他）
『木に縁りて魚を求めよ』全篇

(148)続・中川佐和子歌集（日高堯子・酒井佐忠他）
『春の野に鏡を置けば』『花桃の木だから』全篇

(149)谷岡亜紀歌集（佐佐木幸綱・菱川善夫他）
『臨界』抄、『闇市』抄、他

(150)前川斎子歌集（江田浩司・渡英子他）
『斎庭』『逆髪』全篇

(151)石井辰彦歌集
『七竈』『墓』『バスハウス』全篇、他

(152)伝田幸子歌集（岡井隆・波汐國芳他）
『蔵草子』全篇、他

(153)宮本永子歌集（林安一・三井ゆき他）
『鶫に来る鳥』『雲の歌』全篇

現代短歌文庫

（　）は解説文の筆者

（以下続刊）

水原紫苑歌集　　篠弘歌集

馬場あき子歌集　　黒木三千代歌集